奥さんにならなきゃ

黒崎あつし

幻冬舎ルチル文庫

CONTENTS

目次

✦カバーデザイン＝清水香苗（CoCo.Design）
✦ブックデザイン＝まるか工房

イラスト・高星麻子✦

奥さんにならなきゃ

1

津田颯矢《つだそうや》が、フリースタイル【freestyle】というイベント企画会社の存在を知ったのは大学時代のこと、なんの気なしに見ていた情報番組でだった。

一風変わった婚活イベントやマニア向けの観光イベント等、愉快な企画が盛り沢山な会社だと口コミ等で話題になっているらしく、情報番組内の会社訪問のコーナーで紹介されていたのだ。

インタビュアーである人気の女子アナより、ずっとノーブルで美形の年若い社長や、底抜けに明るい笑顔を振りまく社員達の姿に、颯矢の目は釘《くぎ》づけになった。

テレビ画面に映し出されるその社内は、ほとんど仕切りのないオープンな明るい環境で、とても楽しそうな場所に思えたからだ。

(決めた！　俺《おれ》、あの会社に入る！)

人生、楽しいのは大学まで。

卒業して社会人になったら、ネクタイという名の首輪をつけられ、就業規則に縛られて、労働という苦行にいそしむことになるのだと思っていた。

だが、あの会社なら、日々の労働も楽しいはずだ。

そう勝手に思い込んだ颯矢は、フリースタイルの入社試験を受けることに決めた。

子供の頃から勉学に励むより遊ぶことのほうが好きだったから、颯矢の通う大学はレベル的にかなり低い。

フリースタイルは話題の会社だったし、エントリーシートの段階では撥ね除《の》けられるのではと、大学の指導員からはものっ凄《すご》く嫌な顔をされたが、その関門は運良く突破できた。

その後の筆記試験や面接も、拍子抜けするほどあっさり突破した。

面接会場にいたほとんどの学生が一流大学っぽかったから、楽天家の颯矢でさえ、これは無理かもと思っていたのに、数少ない規定数枠に選ばれてしまったのだ。

「なんで俺、受かったんですか?」

入社してすぐの歓迎会の席上、颯矢は面接の席上にもいた直属の上司、十和田《とわだ》にそう聞いてみた。

「なんでって、そりゃおまえが、面接の持ち時間のほとんどを使って、自分の趣味の話をぶちかましたせいだろ」

「え、でもあれ、社長に質問されたから話しただけですよ」

颯矢は子供の頃、いわゆる下町と呼ばれる地域で暮らし、そこでの生活を満喫していたこともあって、ちょっとした空き時間に古びた下町をぶらぶら散歩したり、ひなびた商店街をあちこち覗《のぞ》いて歩くのが好きだった。

なので、友達との約束のない日曜日にひとりで下町を巡り歩き、そこで見つけた老舗《しにせ》の総菜屋で立ち食いした話や、老夫婦が営む駄菓子屋で知り合ったその近辺の子供達と小さな公園で遊んだ話を、社長に促されるままに披露してみたのだが……。

「趣味が気に入られたんですかね？」

「違う。そうじゃない。いくら質問されたからって、面接の席上で延々と自分の趣味の話をする、おまえのその脳天気でマイペースなところが社長に気に入られただけだ」

「あ、じゃあ、性格で合格したってことですね」

社長から個人的に気に入ってもらえたのならラッキーだったと颯矢が喜ぶと、十和田は「勘違いするな」と鼻で笑った。

「気に入られてるのはおまえひとりじゃねぇ。うちの営業、ほとんどがおまえみたいなタイプだからな」

「俺みたいなタイプって、つまりイケメンってことですか？」

黒の軽い癖毛《くせげ》に、はっきりした二重《ふたえ》の目。颯矢は、就職を機に揃《そろ》えたお洒落《しゃれ》なスーツがよく似合う、自他共に認める今どきのイケメンなのだ。

顎《あご》に手を当て、冗談のつもりでにやりと決め顔をしてみせたのだが、あっさり十和田にスルーされた。

「いわゆる、脳天気な馬鹿《ばか》ってことだ。うちの社長、困ったことに馬鹿が好きだから……」

（脳天気な馬鹿って……）

確かに、ちょっと考えなしで楽天家だと言われることはあるが、ここまで遠慮なく馬鹿呼ばわりされたことはない。

（まさか、本気《マジ》で言ってるわけないよな）

きっと冗談だろうと思って笑い飛ばそうとした颯矢の目の前で、十和田は本気で嫌そうに溜《た》め息をつく。

「ったく、馬鹿ばっかり集めやがって……。あいつらの尻《しり》ぬぐいをしなきゃならないのは俺だってのに……」

（わあ、本気だ）

眉間《みけん》に寄った皺《しわ》とうんざりした口調が、十和田の本気度を物語っている。

「なんかすみません」

思わず颯矢が謝ると、十和田はふっと大きめの唇を歪《ゆが》め苦笑した。

「社長が集めてくる脳天気な馬鹿共に共通の長所は、単純で素直なところだな」

扱いやすくて助かる、と十和田が再び鼻で笑う。

（誉められた？　それとも馬鹿にされた？）

さて、どっちだろう？

颯矢はほんのちょっとだけ迷って、すぐに誉《ほ》められたってことに決めた。

目の前に選択肢がふたつあったら、自分にとって都合のいいほう、より気分がよくなるほうを選ぶことにしている。

だって、そのほうが人生楽しく生きられるから。

(この人、ちょっと口が悪いんだな)

でも、悪気はまったくないに決まってるのだ。

ちょっと考えなしで楽天家な颯矢は、あっさりそう結論づけた。


『おまえら、ほんと馬鹿ばっかりだな』

入社して半月がすぎ、颯矢はそれが社内における十和田の口癖だと知った。

その頃には、十和田曰《いわ》く、『脳天気な馬鹿』仲間である営業の先輩達ともすっかり仲良くなっていたが、上司である十和田とはノリが違うせいかなかなか距離が縮まらない。

これはいかんと思った颯矢が、先輩達と一緒に十和田との親睦《しんぼく》を図ろうと努力してみても、『うぜえ、寄ってくんな。散れ散れ！』と邪険に追っ払われてしまう。

仕事でちょっとしたヘマをすれば、『その頭ん中、脳みそちゃんと入ってるか？　干からびてんじゃないか？　ちょっと振って音を聞かせてみろ』と、思いっきり見下した目線と口調とで容赦《ようしゃ》なく馬鹿にされたりもする。

そこだけ抜き出してみると、けっこう酷《ひど》い上司っぽいが実際はそんなことはない。

こちらを見下して馬鹿扱いするだけあって十和田はずば抜けて頭の切れる優秀な男で、他社との駆け引きに勝って大きな仕事の契約をあっさり取って来たり、部下達がトラブルを起こすと率先して対処に向かい、スムーズにことを収めてくれたりする。

普段は馬鹿だウザイと罵《ののし》るくせに、失敗してしょんぼり落ち込んでいる部下に対しては悪口雑言を繰り出すことはせず、ちゃんと反省しろよとひと言だけ言って軽く小突《こづ》く程度だ。

ちょっと口は悪いものの、実に頼れる上司なのだ。

(しかも、超かっこいいしっ！)

異国の血が少し入っているのか、十和田は長身でがっしりした体つきに洋風の顔立ちをしていて、ちょいと個性的な鷲鼻《わしばな》の持ち主だ。

まるで俳優のように目を引く華やかさがあって、ちょっと気障《きざ》に見える大袈裟《おおげさ》な仕草もよく似合っている。

そんな風に非日常な雰囲気を漂わせているせいだろうか。営業の先輩達から、十和田が自分はゲイだと社内でカミングアウトしていると聞かされたときも、堂々としていて格好いいと思いこそすれ、嫌悪感《けんおかん》を覚えることはなかった。

(ゲイってことは、男が恋愛対象なんだよな)

どんな人がタイプなのだろうかと単純に気になって聞いてみたところ、『おまえらみたいな脳天気な馬鹿は好みじゃない』とのこと。

（……なんだ。そうなんだ）

その答えに、ちょっとがっかりしたのがはじまりだったように思う。

颯矢が、徐々に十和田に惹《ひ》かれていくようになったのは……。

外見は文句なしに格好いいし、頭も切れる。

同性として単純に憧《あこが》れるところが多いだけに、どうやら自分は十和田を意識しているらしいと自覚してからは、もう坂道を転げ落ちるような勢いで颯矢の気持ちは恋愛方向へと傾いていった。

好きだなぁと素直に思えるようになると、もう会社に行くのが楽しくて楽しくてしかたなくなった。

十和田と一緒に仕事をして誉められたりけなされたりするのは楽しいし、一緒にランチに行きましょうよと誘っては、うぜえ、寄ってくるなと邪険にされるのも親しげな感じがして嬉《うれ》しい。

脳天気な馬鹿は好みじゃないと宣言されていたが、部下としてなら愛されている自信が颯矢にはある。

（だって俺は、十和田さんのあの口癖に愛を感じるんだ）

脳天気な馬鹿である営業の部下一同、十把一絡《じっぱひとから》げで愛されているのかもしれないが、それでも愛は愛だ。

しつこく慕い続け、まとわり続けていれば、いつかひょんなことからその愛の方向性だって変わらないとも限らない。

（……変わって、恋愛モードになった十和田さんって、どんな感じだろう？）

上司として偉そうにふんぞり返っている十和田しか知らないから想像することしかできないが、普段の気障な感じからして、そりゃもうべったべたな恋愛映画みたいに恋人を優しくエスコートしては、くっさいセリフを耳元で囁《ささや》いたりするんじゃなかろうか？

（ひゃ〜、囁かれてみてえ）

颯矢は、そんなことを想像しては赤くなって身もだえしている。

脳天気な馬鹿共のひとりとしてしか見てもらえていない現状では、十和田に告白したところで、なんの冗談だと引かれるか、なにかの嫌がらせかと疑われるかのどっちかで、本気に受け取ってもらえる可能性はほとんどない。

そもそも脳天気な馬鹿は好みじゃないのだから、本気だと気づいてもらえたところで、ふられるのは目に見えている。

（でも、まあ、いいんだ）

十和田と一緒に仕事できているだけで充分に楽しいし、あれやこれやと想像するだけでも恋愛気分は楽しめる。

日々あの格好いい姿を眺めていられるだけで幸せだ。

だから颯矢は、この片思いを思いっきり堪能《たんのう》して楽しんでいたのだ。

だが、入社二年目も終わりに近づきつつある頃、十和田のほうの生活に変化があった。

ある日突然、手作りの美味《うま》そうな弁当を持参してきたのがはじまりだった。

弁当持参はその日だけで終了したが、その後は以前のように頻繁《ひんぱん》に夜遊びに行かなくなったようで、寝不足だとか二日酔いだとか愚痴《ぐち》ることがなくなった。

体調も機嫌もいいみたいで、肌の色艶《いろつや》がよくなって、やけに表情も明るい。

二割り増し格好よくなったのはいいのだが、その変化がどうしても颯矢は不安だった。

(もしかして、恋人ができたんじゃないよな)

脳天気な馬鹿は好みじゃないと言うばかりで、十和田は自分の好みを口にしたことはない。

恋人がいるのかどうかすら教えてはくれなかったが、颯矢が見た限り、固定の恋人はいないように思えたのでずっと安心していたのだが、ここに来てどうも雲行きが怪しい。

そうこうしているうちに、十和田が今のマンションから引っ越しをすると言い出した。

どこに引っ越すんですかと好奇心旺盛《おうせい》な先輩達と一緒に群がって聞いてみたところ、恋人の家に転がり込むのだと言う。

(失恋?)

颯矢はショックのあまり、呆然《ぼうぜん》となる。

が、次の瞬間にはあっさり立ち直っていた。

（いや、まだチャンスはある！）

男同士のカップルの場合、結婚というゴールはない。その代わりに養子縁組をするカップルもいるが、十和田の場合はそこまでいっていないようだ。

（ただの同棲《どうせい》だし、いつまで続くかわかんないもんな）

二年近く片思いし続けてきたのだ。

そう簡単に諦められるものじゃない。

この先もう二年しつこく思い続けていたら、今の恋人と別れてフリーになることだってあるかもしれない。

（うん、そうだよ。諦めることないって！）

ちょっと考えなしで楽天家の颯矢は、そんな風に結論づけた。

とはいえ、現在の恋人がどんな人なのかはもの凄く気になる。

（考えてみれば、これって十和田さんの好みのタイプを知るチャンスだ）

どんなタイプが好きなのか知りさえすれば、次にチャンスが巡ってきたとき、十和田を攻略するヒントになるに違いない。

だから颯矢は、やはり好奇心旺盛な先輩達と一緒に、恋人を紹介してくれと十和田に迫ってみたのだ。

が、「うぜえ、寄ってくんな。散れ散れ」といつものように邪険に追っ払われて終了。

それならばと引っ越し先の住所を知るべく総務に掛け合ってみたのだが、総務は営業と違って比較的しっかりした人間が集められているので、守秘義務があるから絶対に教えられないとやっぱり追っ払われた。

こうなったら十和田の跡をつけるしかない。場所さえわかればこっそり家の中を覗くことだってできるはずだと、無駄に行動力のある颯矢は、タクシーの運転手を巻き込んで帰宅する十和田の跡をつけてみたのだが……。

（——無理）

十和田が帰宅したのは、有り得ないほど立派なお屋敷だった。

広い敷地はぐるりと高い塀で覆われていて、あちこちに監視カメラが垣間見《かいま》え、やたらとセキュリティがしっかりしている。中の様子を窺《うかが》うどころか、塀の中にあるだろう建物の屋根すら拝めない。

けっきょくその日は、広い屋敷の塀の周りを無駄にうろちょろすることしかできなかった。

その後、十和田のランチ先のひとつが、その恋人が経営しているお食事処《どころ》らしいという情報を得て、颯矢は十和田の尾行を再開した。

そしてとある日のお昼時のこと、十和田の車が辿《たど》り着いた先は、やはり以前と同じあの立派なお屋敷だった。

だが駐車する場所が以前とは違っていて、正門近くのガレージではなく、ちょっと離れたところにある、鬱蒼《うっそう》と木々の生《お》い茂った裏庭に面した屋根のない駐車場だ。見つからないよう、少し離れたところでタクシーを降りて駐車場まで行くと、車だけ残してもう十和田の姿は見当たらない。

(どこに行ったんだろう?)

そこそこ広い道路に面しているとはいえ、ここらは閑静な住宅街で、ランチができそうな店なんて見当たらないのに……。

(お昼を食べに、家に帰ってるだけだったりして)

だが、だとしたら車は正門近くのガレージに停めるはずだ。

変だなぁと首を傾《かし》げつつ、もう一度歩道に出た颯矢は十和田の姿を捜して周囲をきょろきょろ見渡した。が、やはり見当たらない。

どこに行ったんだろうと首を捻《ひね》っていると、老人がひとり、さっきまで颯矢がいた駐車場の、さらに奥のほうへとひょこひょこ歩いて行くのをふと見かけた。

(あんなところにも道があったんだ)

よくよく見ると、駐車場に面した裏庭へと細い道が通じている。

どう考えても、鬱蒼と木々が生い茂った裏庭はお屋敷の私有地だ。

断りもなく入っていい場所じゃないのだが、ここは常識よりも好奇心が勝った。

(もしかしたら、十和田さんもあっちに行ったのかもしれないし)

駐車場を横切り、ちょっとした冒険気分で浮き浮きと細い道へと足を踏み入れる。

その頃には、さっき見かけた老人の姿はもう見えなくなっていた。

都会には珍しい群生した木々を見上げつつ先に進んで行くと、さらに珍しい茅葺《かやぶ》き屋根の建物が見えてくる。

家にしては、ちょっと小さすぎる。もしかしたらここが例のお食事処なのだろうかと周囲を見渡してみたが、それらしき看板は一切見当たらない。

だが近づくにつれて、建物の中からは楽しそうな話し声が漏れ聞こえてきた。

（やっぱり、さっきのお爺《じい》さん、ここに入ってったんだよな。食事処じゃなく、ここら一体の老人会の集会所の可能性もあるか……）

なにかこの建物の正体のヒントになるものはないかと周囲をうろちょろしてみたが、やはりなにも見当たらない。

こうなったら中を見てみるしかないと、颯矢は引き戸を少しだけ開いてそっと中を覗いてみようとした。

と、そのとき、それまでなんの気配も感じなかったのに、いきなり背後から腕が伸びてきて、がしっとヘッドロックをかけられた。

「おい！　なにこそこそしてやがる」

「ちょっ、痛い。痛いってっ！」

筋肉質で硬い腕にギリギリッと頭を締め上げられ、颯矢は痛みに悲鳴をあげた。

男の正体もわからぬまま、ギブギブと拘束する腕を叩《たた》いてみたが力は一切弱まらない。

颯矢を締め上げている男は、少し開いていた引き戸に爪先《つまさき》を引っかけて勢いよくガラッと開けると、颯矢を引きずるようにして中に入って行った。

「おい、入り口んとこで不審者発見したぞ」

ヘッドロックをかけられている颯矢の視界は床に固定されていて、室内の様子はまったく見えない。

男の声に応えるように、誰だ、なんの用だ、怖いわねぇと、老人のものらしき複数の声が聞こえ、それに混じって「……馬鹿すぎる」と聞き慣れた声も聞こえてきた。

「その声、十和田さんですよね？　助けてくださいぃ～」

「……いや、できることなら見捨てたい」

うんざりしたような声と同時に椅子《いす》を引く音が聞こえ、十和田が歩み寄ってきてくれる。

「悪いな。そいつ、うちの馬鹿……いや、俺の部下だ。俺の新しい居候先にずっと興味津々《しんしん》の態《てい》だったから、たぶん俺の跡をつけてきたんだろう。底抜けの馬鹿だが、悪意の持ち合わせはないんだ。離してやってくれないか？」

颯矢を拘束する男の腕を十和田がぽんと叩くと、まるで魔法のように、ふっと頭を締め上げていた力が緩んだ。

「ふえ〜、助かりました。もう死ぬかと思った」

ありがとうございますと頭を下げると、「ありがとうじゃねぇよ！」と今度は十和田にラリアートをかけられ、そのまま腕に首を引っかけられるようにして、後ろ向きのまま外へと引きずり出される。

「この馬鹿！　おまえは俺のストーカーか！」

外に出てすぐ怒鳴《どな》られて、すみませ〜んと颯矢は首を竦《すく》めた。

「十和田さんの恋人がお食事処をやってるって聞いたから、いっぺん見てみたくなっちゃって……。ここがその店だって確信がなかったから、こっそり覗いてたら不審者と間違えられちゃったんですよ。——看板を出し忘れるなんて、十和田さんの恋人はうっかりさんですね」

えへへ〜と誤魔化し笑いする颯矢に、十和田はうんざりしたような溜め息を漏らす。

「出し忘れてるんじゃなくて、そもそも看板を出してないんだ。ここは知り合いだけが来るような、アットホームな店だからな」

「隠れ家レストランですか？」

「似たようなもんだ。……ちなみに、俺はこの店ではカミングアウトしてないから、そのつもりでな」

「はい？」

「だから、俺は、ここの店主の家に用心棒代わりに居候していることになってるんだよ」

「会社じゃ堂々としてるのに、ここじゃ内緒だなんて潔《いさぎよ》くないなあ」

ちょっとがっかりして、颯矢は口を尖《とが》らせる。

「うるせぇ。この店は俺じゃなく、佑樹《ゆうき》のテリトリーなんだ。好き勝手するわけにはいかないんだよ。この店の客のほとんどは、古くからの常連客の年寄り連中だ。俺達みたいなのを男色だと言って毛嫌いする人もいるかもしれないだろ？」

頭の堅い年寄りに理解しろっていうのも酷な話だし、内緒にしておくのが一番なんだと、十和田が言う。

「そっか……。さすが十和田さん。考えが深い」

「俺は普通。おまえが浅いんだ。――とりあえず、今日のところは奢《おご》ってやるから、馬鹿やらずに大人《おとな》しくしてろよ」

「はーい」

了解の意を示すためにビシッと敬礼してみせたのだが、ノリが軽すぎたのか、十和田は酷く嫌そうな顔をしていた。

緑陰庵《りょくいんあん》と呼ばれているそのお食事処は、元は茶室だったものを改装したとかで、中央に囲炉裏《いろり》をしつらえた一段高い畳敷きの座敷があったりして、なかなか落ち着ける雰囲気の和風のお店だった。

十和田の恋人、近江《おうみ》佑樹がひとりで切り盛りしているから混《こ》むときもあるらしいが、お客さんが常連客ばかりだから、待ち時間が長くなっても文句を言わずに待っていてくれるのだとか。

十和田が言ったように店内にいた客はほとんどが高齢者で、子育て世代の主婦層がちらほらと彩りを添えている感じだ。

顔馴染みの客ばかりが来るという店内は、和気あいあいと優しい空気に満ちていて、十和田に伴われて再び戻った颯矢のことも、お騒がせな奴だと笑ってすんなり受け入れてくれた。

「痛い目に遭《あ》わせて悪かったな」

「いえいえ、誤解させた俺のほうが悪かったんで」

有無を言わさずヘッドロックをかけてきた男は、佑樹の大学時代の友達なのだとか。

片手で軽く拝むようにしながら気さくに笑いかけてきてくれたので、しこりを残すことなくあっさり和解できた。

御崎《おざき》と名乗ったその男は、皮の上下にミリタリーブーツを身につけていた。

茶髪のロン毛に濃いめの顔立ちで、物静かそうな佑樹とは対極の、アクティブな体育会系といった印象だ。

その後、十和田が奢ってくれた和風定食を食べたのだが、これが実に上品な味で文句なく美味《おい》しかった。自家製だという浅漬けが無茶苦茶気に入った颯矢は、ご飯をお代わりまでしてその味を堪能させてもらったぐらいだ。

そして、一番の目的だった店主の佑樹のこともしっかり拝見させてもらった。

(……すっげー綺麗な人)

男相手なのに、すんなり『美人』という形容詞が脳裏に浮かぶ。

肩先まで伸ばした髪を後ろでひとつにくくり、店の雰囲気に合わせてか、和服姿で立ち働くその姿は文句なく美しく、仕草も上品で、まさに観賞に値するものだった。

中性的で細身、年齢は颯矢よりも四歳ほど上らしいのだが、弱々しげな細い肢体のせいかそれより若く見えることもあるし、落ち着いた物腰のせいでもっと上にも感じられたりする。

いわゆる、年齢不詳なタイプだ。

かなり独特な印象の美形である佑樹と、非日常な雰囲気を持つ十和田とでは、ふたりとも非凡な存在だけに、並んでいても違和感なくしっくりしていてお似合いだと認めるしかない。

(俺達だって、ある意味じゃお似合いだけどさ)

脳天気な馬鹿と、その手綱《たづな》を取る口の悪い上司。

傍《はた》から見れば、ある意味きっと似合いの上司と部下に見えることだろう。

(……十和田さんはああいうのが好みなのか)

寂しげな切れ長の目とすらりとした細い身体《からだ》の、どこか儚《はかな》げな雰囲気が漂う美人。

（俺とは真逆だ）

颯矢は、いわゆる今どきのイケメンだ。

軽く癖のある黒髪に愛嬌《あいきょう》のある大きめな二重の目、身長は平均で、お洒落なスーツが似合う程度には細身だが、決して華奢《きゃしゃ》というわけではない。

ちょっと考えなしで楽天家のせいか、同年代の女子からは友達扱いしかされないが、年上の女性や、うんと年下の女の子達のうけはいい。

気さくさと表情の豊かさが魅力的で可愛《かわい》いとよく言われてきたから、きっと年上の男性にも、それなりにうけるんじゃないかと思っていたのだが……。

（ああいう儚げな感じが好みなら、俺みたいな健康優良児じゃ無理かなぁ）

どう頑張ったところで、颯矢ではあんな寂しげな雰囲気を醸《かも》し出すのは難しい。

頑張って試してみたところで、腹でも痛いのかと聞かれるのがオチだろう。

（望みないかも……）

さすがの颯矢も、これにはかなり凹《へこ》まされて、その日の午後は溜め息ばかりついていた。

とはいえ、根本的に楽天家なので、それすら長続きしない。

（でもまあ、ずっと同じもの食べてたら飽きるしな）

飽きて、まるっきり毛色の違うものに手を出したくなることだってあるかもしれない。

あま〜い和菓子を食べた後に、おせんべいや漬け物が恋しくなったりするように……。

（その場合、むしろ真逆の俺がドンピシャになるんじゃね？）

まだ大丈夫、諦めることなんてないと颯矢はケロリと立ち直る。

だが、この考えは、十和田が飽きっぽい男だという前提で成り立っている。

もし本当にそうならば、たとえ振り向いてもらえたとしても、すぐに颯矢自身も飽きられることになるのだが、ちょっと考えなしなのでそこまでは思考が及ばない。

定時で仕事を終え、タイムカードを押して会社を出る頃には、新たな希望が見えてきたと喜んですらいた。

ちょっと考えなしで楽天家だからこそ、颯矢は常に幸せでいられるのだ。


颯矢の父親が病気で亡くなったのは、小学五年生のときだった。

以来、大学入学と同時にひとり暮らしをするようになるまで母とふたりで暮らしていた。

片親の場合、子供が家事を担う割合が多くなったりするものだが、颯矢の場合、掃除や洗濯は得意でも料理はからきし駄目だ。

忙しい母を助けたいから料理を教えてくれと頼んだこともあったが、それだけは勘弁してちょうだいと、逆に母から拝み倒されたのだ。

『颯矢に火を使わせると、余計なものまで焼いちゃいそうだから……』

落ち着きがない性格なので、料理の最中であろうとおかまいなしで、他のものに気を取られそうで怖い。鍋やフライパンを焦がす程度ならまだいいが、家まで焼かれては取り返しがつかないからと母からは言われた。

誰よりも息子の性格を知っている母の言葉だけに、それもそうかもと納得し、それ以来、レンジを使った調理しかしていない。

当然、食事は簡単に作れる朝食以外は外食で済ませている。

（さて、今晩はなにを食べよっかな）

毎日同じでは飽きるから、いつもは会社やアパートの近くで気に入っている数軒の店をローテーションして回っている。

昨日は洋食屋だったから、普段だったら今日は和食にするところなのだが、今日は昼も和食だったのでどうにも気が乗らない。

（なんかこう、がっつり肉でも食いたい気分。――っと、あんなところにステーキ屋なんてあったんだ）

最寄り駅へと向かう途中、繁華街を歩きながらきょろきょろしていた颯矢は、普段は気にも止めない細い路地の奥に、見慣れない立て看板を見つけた。

歩み寄って行くと、けっこう年季の入った立て看板で、長く営業している店のようだった。

「よし。今日はここに決めた」

磨《す》りガラス入りのドアを開けると、中はけっこう広かった。

十人程度は座れそうなカウンターとたくさんのテーブル席があるが、まだ早い時間帯のせいか、テーブル席に二組とカウンター席の一番奥に男がひとりしかいない。

「いらっしゃい。おひとりならカウンター席にどうぞ」

カウンター内の調理場で立ち働く店主に気さくに声をかけられ、颯矢は店の中に入った。

「ここ、お勧めは？」

椅子に座りながら聞くと、「お客さん、うちはじめて？」と逆に聞き返される。

「そうだけど」

「だったら、まずはメニュー見てよ」

店主が言うには、この店では客自身に肉の種類やグラム数、味付けに焼き方とつけ合わせなど、すべて選んでもらうシステムになっているのだとか。

「セットメニューは？」

「ない。せっかく作った料理は一口たりとも残して欲しくないからね。お客さんが食べられるものを食べられる量だけ提供するようにしてるんだ」

「そっかぁ」

店主がそういうポリシーの元に営業を行っているのなら、客も従うしかないだろう。

「でも俺、選ぶのって目移りしちゃって苦手なんだよな」

「そう言わずに。はい、どうぞ」

メニューを手渡され、中を開いたら、ちょっと眩暈《めまい》がした。

肉の種類や焼き方、つけ合わせのメニューは豊富だし、ライスとパンも数種類揃えてあって、その選択肢の細かさにちょっと呆《あき》れるぐらいだ。

(すっごい拘《こだわ》ってる)

どうやって選んだらいいんだろうとすっかり途方に暮れていると、「マスター、注文いい？」と先にカウンターに座っていた男が注文をはじめる。

「ニュージーランド産のフィレ肉四百グラムをミディアムレアで、それにたっぷりガーリックバター乗っけて」

それからつけ合わせの野菜は……と男が細々と注文していく。

(お、いい感じ)

それがかなり好みの組み合わせだったので、颯矢も便乗させてもらうことにした。

「マスター、俺も同じのお願い」

「お客さん、けっこう細いけど全部食えるのかい？　さっきも言ったけど、うちは残すのはNGなんだよ」

「大丈夫、四百ならライスも込みでペロリだよ」

任せとけとなにげに威張っていると、「あれ？」と少し離れたカウンター席に座っていた男が颯矢のほうを見て声をあげた。

「あんた、昼間の馬鹿……じゃなくて——津田くんだったっけ？」

振り向くとそこには、緑陰庵で颯矢にヘッドロックをかけた男がいた。

「颯矢でいいよ。トムソーヤのソーヤだ」

子供の頃、よく母にそう紹介されていたことを思い出して言ってみる。

「ソーヤ？　カタカナ表記の名前なのか？」

「いや、漢字。颯爽の上の漢字、『さっ』と、弓矢の『や』で颯矢」

「紛《まぎ》らわしいな」

なぜかこの自己紹介がうけたようで、男が明るく笑う。

「えっと……そっちは確か、御崎さんだったたっけ？」

「御崎信高《のぶたか》。信用の『しん』に高い低いの『たか』で信高。信高と呼んでくれ。あんたの会社、この近くなんだっけ？」

「うん、そう。こっからだと五分ちょい。信高も職場がこの近く？」

「いや、俺はここの常連だから」

「そっか。同じ店に入るなんて凄い偶然だな」

「そうでもないさ。——がっつり肉を食いたくなってここに辿り着いたんだろう？」

「その通りだけど……。なんでわかるんだ？」

「俺もそうだから。佑樹のところの料理は美味いんだが、あっさりしすぎてるし消化がいいしで腹に溜まらないからなあ。あそこでランチを食べた日の夜は、反動で肉が食べたくなって、たいていこの店に来るんだ」

「なるほど、そっか。それで俺も、がっつり肉が食いたくなったんだ」

確かにあの店の料理は、お年寄り達の健康を気遣ったようなあっさりめのメニューばかりだった。

「……十和田さんも肉食いたくなったりするのかな」

このステーキ屋は会社からも近いし、今度ランチに誘ってみようかなと思っていると「平気だろ」と信高に言われた。

「俺達と違って、あの人、もう三十半ばすぎてんだろ？ 油断すると中年太りしはじめる年齢だし、むしろちょうどいいんじゃないか」

十和田が自分よりうんと年上なことを渋くて格好いいと思いはすれ、中年だなどと思ったことはなかった。というか。

「十和田さんは中年太りなんかしないっ‼」

十和田贔屓《びいき》の颯矢が、思わず身を乗り出して主張すると、信高は一瞬びっくりした顔をした後で、「そうかそうか」とまるで子供を宥《なだ》めるように笑って頷《うなず》いた。

その後、知り合いだったのならテーブル席に移ったらどうかとマスターが勧めてくれたので、ふたりして奥のテーブルへと移動した。

お近づきのしるしにと信高が奢ってくれた赤ワインで勢いよく乾杯して、鉄板の上でジュージュー音をさせながら運ばれてきた肉をがっつり食べる。

「うん、美味い！」

肉質も焼き加減も味付けもちょうどいいし、つけ合わせの野菜も新鮮で文句なく美味しかった。

「会社からも近いし、また来たいところだけど、注文が面倒なのがちょっとなぁ。信高、この店の常連なんだろ？　またこの店に来たら、ついでに俺も呼んでくんない？」

「で、俺に注文させるってか？」

「そ。駄目？」

「まあ、いいか。ひとりでメシを食うより、おまえとのほうが楽しそうだ」

やたらと人懐こい奴《やつ》だなぁと、信高がくしゃっと顔を歪めて笑う。

目尻に寄った笑い皺がとても感じがよかった。

長めの茶髪に冬場だというのにやけに日焼けした肌、目も鼻も口もくっきりとした二枚目顔だし、大柄で筋肉質な体格も相まってアウトドアが似合うワイルド系に見える。

普通のサラリーマンじゃないだろうなと一見したときから思っていた颯矢は、遠慮なく好奇心に唆《そそのか》されるまま聞いてみる。

「緑陰庵にいたとき、ちょっと小耳に挟んじゃったんだけど、つい最近まで海外にいたんだって？」

「ああ。仕事の師匠がオーストラリアに移住してるんだが、そっちで地元の人相手に暇潰《つぶ》しがてら写真館を開くことにしたから、その開業準備を手伝えって言われてさ」

半月程度のことだろうと海を渡ったら、なんだかんだ仕事を押しつけられて半年近く引き止められてしまったと信高が言う。

「俺もちょっと自分の仕事に行き詰まってた時期だったから、ちょうどよかったんだけどな。でも、さすがに師匠の我《わ》が儘《まま》にこれ以上つき合ってられないから、手伝いを強制的に終了して帰国したところだ」

「写真館ってことは、もしかしてカメラマン？」

「一応な。三年前に海外でちょっとした賞を取ったお蔭で国内でも話題になって、ベストセラー作家の本の表紙に写真を使われたこともあるんだが……」

知ってるかな？　と信高が口にした作家の名と書名は、普段はほとんど本を読まない颯矢でさえ知っているものだった。

「俺、その写真知ってる。ちょうど入社したばかりの頃、駅のホームによく貼ってあったやつだ」

確か、北国の雪景色をオレンジ色の鮮やかな夕焼けが照らしだしている写真だった。

凍った水蒸気が夕焼けの光を受け大気中をキラキラと舞っていて、目に見える温かな色合いとは裏腹の凍えるほどの冷たい大気をリアルに感じて、不思議な違和感を覚えさせられたから記憶に残っている。

「あれってさ、やっぱすっごい寒い日に撮った写真なんだよな？」

冷めないうちにと肉を頬張《ほおば》りながら聞いてみた。

「ああ、氷点下十度以下の極寒の日だった」

「すげー。なんかかっこいい」

わけのわからない颯矢の誉め言葉に、信高は楽しげに微笑《ほほえ》んだ。

「そりゃどうも。——おまえんとこの会社はどんな仕事してるんだ？　佑樹はイベント企画会社だって言ってたが、あの手の会社は仕事の範囲が広いから、どうもピンとこない」

「うちの会社の売りは、一風変わった個人向けの婚活イベントやマニアックな趣味を持ってる人達のための観光イベントだよ。……でも十和田さんに言わせると、そっちの儲《もう》けは雀《すずめ》の涙なんだってさ。安定した利益を出してるのは、大企業相手のつっまらないイベント企画や運営らしいよ」

「おまえの仕事は、一風変わったほうなんだろ？」

「まあね。……今はちょっと干されてるけど」

「干されたって……どうして？」

飲みかけていたワインのグラスを戻して、驚いたように信高が聞いてくる。

「俺が出した企画、二回続けて客が集まらなかったんだ。で、今はそのペナルティで先輩達の手伝いばっかりやらされてる」

「先輩の下働きか……。大変だな」

「逆だよ」

気の毒そうに言う信高に、颯矢は軽くふて腐れた顔になる。

「みんな自分の仕事を楽しんでやってるから、ろくな仕事回してもらえないんだ」

楽しいことは誰だって自分でやりたいと思うものだ。

だから颯矢に回されてくる仕事は、お義理程度のちょっとしたお手伝いだけ。

毎日退屈だし暇だ。

そのお蔭で、十和田を尾行する時間が取れたようなものだけど……。

「その状態でクビは大丈夫か？」

「なんで？」

「なんでって……。俺も普通の企業勤めはしたことがないからあんまよくわからんが、仕事干されるってのは、けっこう大事なんじゃないのか？　追い出し部屋とかってのと似たような感じで」

「全然平気だよ。うちの会社、そういう陰湿なことは絶対にしないから」

「それならいいが……。一見したところ、おまえの上司の十和田さんって人は一筋縄じゃいかないタイプに見えるからな。ちょっと心配しちまった」

「心配ご無用。十和田さんはいい人だからね」

「いい人?」

「うん。ちょっと口が悪いけど、面倒見もいいし超頼れる上司だよ。部下全員ひっくるめて『脳天気な馬鹿』呼ばわりされてるけど、あの馬鹿呼ばわりにもちゃんと愛情感じるしさ」

「そうか……」

それなら安心してもいいのかな、と信高が呟《つぶや》く。

「あれ? もしかして、信高は知ってんの?」

「知ってるって、なにを?」

「えっと……。だから、あのふたりが同居してる本当の理由」

恐る恐るそう言うと、信高はちょっと驚いた顔をした。

「おまえも知ってるのか」

「当然。十和田さん、会社じゃ堂々とカミングアウトしてるし。緑陰庵の中じゃ内緒にしろって言われたけどさ」

「佑樹のために気を遣ってくれてるのか……。となると、本当にいい人なのかもな」

「かもじゃなく、いい人なんだって！　もうすっげーいい人。俺、十和田さん、大好きだし！」

ぐいっと身を乗り出した颯矢が勢い込んでそう言うと、信高は苦笑した。

「カミングアウトしてる人相手に大好きだなんて言ってると、おまえもそうなんじゃないかって誤解されるぞ」

「誤解じゃないから平気」

「え？」

「だからさ、俺、十和田さん大好きなんだ」

「おまえも……そうなのか？」

「まあね。十和田さん限定だけど」

「あの人限定って……。――佑樹とのこと知ってるんだよな？」

「うん」

「それでもあいつが好きなのか？」

略奪狙《ねら》ってるのかと問われて、ないないと颯矢は手を振った。

「略奪だなんて、そんな物騒なことする気ないよ。ただ順番待ちしてるだけ」

「順番待ち？」

「そ。いつか、俺のターンが来るかもしれないだろ？」

颯矢はぐいっとワインを飲み干して、にぱっと笑う。

「なんか面白い奴だな」
信高はそんな颯矢を見て、愉快そうに笑った。

宣言通りぺろっと料理とワインを平らげた後、まだ飲み足りない気分だった颯矢は、信高に誘われるまま、彼の行きつけだというバーに移動した。

信高がバーボンのボトルを入れてくれたので、店の奥まったところにあるふたりがけのテーブルで、ふたりしてナッツをつまみにロックで本格的に飲みはじめる。

「信高ってさ、佑樹さんとはいつから友達やってんの？」

「大学時代からだから、もう十年近くになるのか……。でも、あいつは途中で大学辞めちまったから、一緒に大学に通ってたのは二年足らずだな。その頃はそんなに仲良くなかったが、大学辞めてから、ほとんど引きこもりの生活をしてるって聞いたら、なんか放っておけなくなっちまって。それからは様子見を兼ねて定期的に連絡を入れてるな」

「引きこもりって……。でも佑樹さん、店やってるんだろ？」

「自分の屋敷の敷地内でな。俺が知る限りあいつは、七年近く自分とこの敷地内からほとんど出てなかったはずだ。仕事があるとはいえ、それじゃさすがにまずかろうと思って、なんとかして外に連れ出そうとはしてたんだが、ずっと空振りでさ。それが、今回帰国して久しぶりに連絡したら、あの引きこもりに恋人ができて一緒に暮らしてるって話をされて、えらい驚いたよ」

「しかも、その相手が男だし？」

「そこはあんまり驚かなかったかな。中身はどうであれ、あいつ見た目だけはけっこうな美人だから、女より男のほうが引っかかりそうだと以前から思ってた」

「実は信高も引っかかった口だったりして」

だから引きこもってると聞いたときも放っておけなかったんじゃないか？

颯矢は持ち前の考えなしと好奇心を発揮して、聞きにくいことをズバリ聞いてみた。

「それはない」

信高は気を悪くした様子もなく、あっさり答える。

「ぶっちゃけ、俺もゲイなんだ。だが、あの手の鈍臭くて弱々しいタイプは、友達としてならアリだが恋人としてはナシだ。テンションが違いすぎて、ずっと一緒にいたらお互いに息が詰まるだろうからな。――その点、十和田さんと佑樹は趣味があってるみたいでよかったよ。休日ごとにあちこちの庭園を訪ねるのが習慣になりつつあるって楽しそうに言ってたし」

庭巡りなんて辛気《しんき》くさい趣味だと、信高が苦笑する。

「確かに辛気くさいけど……。でも、十和田さんとデートはいいなぁ」

どんな風にエスコートするんだろうと妄想《もうそう》してちょっとうっとりしていると、「本当に大丈夫なのか？」と信高に心配そうな顔をされた。

「順番待ちするって言ったところで、いつその順番が回ってくるかわかったもんじゃないぞ。それに、俺が見た限り、あのふたりに割り込む隙《すき》はなさそうにも思えるんだがな」

「ダメダメ、諦めたらそこで試合終了なんだって」

颯矢は某有名漫画の名台詞《めいぜりふ》を口にした。

「十和田さんが『脳天気な馬鹿』って言葉を口にする度《たび》に、俺は確かに愛を感じてるしさ」

「愛は愛でも、手のかかる部下に対する愛情だろうが。夢見すぎてると、後で後悔することになるかもしれないぞ」

「後のことなんてどうでもいいよ。今が楽しければそれでよし」

「この状況が楽しいのか？」

「うん」

「片思いでも？」

「まあね。——あ、心配しなくても、佑樹さんの邪魔はしないから。俺、そういうの嫌いなんだ。人の足引っ張るより、背中押してやったほうが気分いいしさ。佑樹さんが引きこもってたときに知り合ってたら、外に連れ出すのに協力してやってたと思うよ」

佑樹の店、緑陰庵は和気あいあいとして居心地のいい優しい雰囲気の場所だった。

でも、この世の中には、楽しくて刺激的な場所が他にもたくさんあるのだ。

人生の時間は限られてるんだから、楽しい経験はより多くしておいたほうがいいに決まってる。

「せっかく生きてるんだから、楽しまなきゃ損だ！」

酒を飲みつつ力説する颯矢に、信高はくしゃっと微笑んだ。

「おまえ、本当に面白いな」

「面白い？」

「ああ、俺が好きなタイプだ」

「好きなタイプか……」

確か信高は自分もゲイだって言ってたよなと、颯矢は酔った頭でぼんやり考える。

「あ、つまり、俺に惚《ほ》れちゃうかもってこと？」

「かも、っていう段階はすぎた。かなり本気」

「ダ〜メダメ。俺は十和田さんひとすじだからね。惚れても無駄だよ」

なんとなく威張る颯矢に、「順番待ちするのはいいんだろ？」と信高が突っ込む。

自分もしてることだから、これに駄目とは言えない。

「いいけどさ。でも、無駄だと思うよ？」

「諦めたらそこで終わりだっても言ってたよな？　俺もおまえを見習わせてもらって、しつこく順番待ちさせてもらう。大人しく待つだけじゃなく口説《くど》きもするけどな」

「口説くって……。俺を？」

「もちろん。フリーなんだから、誰に遠慮することもないだろ？」

ガンガン押してくから覚悟しろよと、身を乗り出して信高が言う。

（おお、迫られちゃったよ）

こんなことをはっきり言われたのははじめてだ。

今まで颯矢に好意を向けてくれたのは女性だけだったから、そっちから口説いてちょうだいと言わんばかりのみえみえの態度を見せられることが多かったのだ。

（こういうのって新鮮）

この目新しいシチュエーションに、颯矢はちょっと浮き浮きした。

そのせいもあってか、その夜はとても楽しい時間をすごすことができた。

颯矢の表情をひとつも見逃すまいとするかのように見つめてくる信高に勧められるまま酒を飲み続け、終電だからと店を出た頃には、ひとりでは歩けないほどに酔っぱらってしまっていた。

「これじゃ、ひとりで帰るのは無理だろ。家、近いから泊まっていけよ」

肩を貸してくれた信高にそう言われて、そうすると頷いたのを覚えている。

次に意識がはっきりしたときには、目の前にでかいベッドがあった。

「ダブルベッドだあ。いいなぁ」

酔って理性がない颯矢は、わーと子供のようにはしゃいでベッドにダイブ。

スプリングの心地よい揺れを感じながら、俯《うつぶ》せのまますうっと眠りに落ちかけたところを、ひょいっとひっくり返され、クイッとネクタイを引っ張られて起こされた。

「このままだとスーツが皺になるぞ」

するするっとネクタイが引き抜かれ、スーツの上着をはぎ取られる。

「あ～、楽ちんだあ」

ただ寝てるだけで着替えさせてもらえるなんて、まるで赤ちゃんにでもなったみたいだと、酔っぱらって呂律《ろれつ》の回らない口で颯矢が言うと、信高は「危機感ないなぁ」と呆れたように言った。

「ききかん？」

「口説くって言っただろ？　襲われるかもしれないって思わないのか？」

「おそわれる？　おれがあ？」

女の子じゃあるまいし、ないないと颯矢は笑って手を振る。

「わかってないのか。わかっててとぼけてるのか、どっちだ？」

「んあ？」

「だから、こんな酔っぱらってる状態じゃ、さすがになにかされても抵抗できないだろ？」

「なにかって、なにすんの？」

だらしなく寝転がったままで聞くと、信高は苦笑して肩を竦めた。

「まずは、獲物の品定めってところかな」

「うはっ、このおれがえもの？」

颯矢は、大うけしてぎゃははと笑う。

「なあ。それ、どうやんの～？」

脳天気な酔っぱらいは、それがどういうことなのかろくに考えもせずに無邪気に聞いた。

当然、自分から誘ってしまったことにもまったく気づいていない。

「どうなっても知らないぞ」

信高は苦笑して、酔っぱらいのワイシャツのボタンをひとつひとつ外していった。

2

翌朝、起きたら見知らぬ部屋だった。

「ここ、どこだっけ……」

よいしょといつものように羽毛布団をはね除けて元気よく起き上がった颯矢は、なぜか見事にすっぽんぽんだった。

「……なんで裸？」

なんとなくもう一度布団をかけて股間《こかん》を隠しつつ、首を傾げると頭が軽くくらくらした。

この感じだと、昨夜はかなり痛飲したようだ。

「裸踊り……なんてしたことないけど」

今までどんなに飲みすぎたときでも、女性陣の非難を浴びるようなヘマをしたことはない。

ついでに言うと、すっぽんぽんで寝る趣味もない。

俺はなにをやらかしたんだと昨夜の記憶を遡《さかのぼ》ろうとしたとき、ガチャッと部屋のドアが開いた。

「お、起きたな。おはよう」

「……はよー」

（ああ、そうだ。確か、信高だっけ……）

水と頭痛薬を手に部屋に入ってきた男の顔に、昨日の記憶が一気に甦《よみがえ》った。

緑陰庵でヘッドロックをかけられて、ステーキ屋で再会して意気投合し、そのままふたりで飲みに行った。

（でもって、この人、俺を口説くとかって言ってたんだっけ……）

ぼけっと信高の顔を見上げたまま、颯矢はそんなことを思い出していた。

その後どうしたんだっけと懸命に記憶を漁《あさ》っていると、「二日酔いになってないか？」と信高に聞かれた。

「平気。俺、滅多に二日酔いはしないから」

「じゃ、水だけでも飲め」

「ども」

差し出されたペットボトルを受け取り、促されるままぐぐっと水を飲む。

勢いよく飲みすぎて、冷たい水が喉《のど》を滑り落ち胸元を濡《ぬ》らした。

その感触で、颯矢はふと昨夜のことを思い出す。

「……俺の服脱がせたの、あんた？」

「そうだ。覚えてないのか？」

「ん〜、今、思い出してる途中？　ここら辺まで記憶戻ってきてんだけど……」

颯矢は水平にした手の平で喉元を軽く叩いた。

「完全に思い出す前に言っとくが、最後まではしてないからな。さすがに、抵抗できない酔っぱらいを襲うのは気が咎《とが》める。ちょっと触りっこして、お互い楽しんだだけだ」

「触りっこ？」

どこを？　と聞きかけた口を、颯矢は慌ててパクンと閉じた。

聞かなくてもなんとなくわかるし、酔いが冷めた今、言葉にしてはっきり聞かされたら、さすがの颯矢でも反応に困るからだ。

信高はというと、自分からそれ以上のことを言うつもりはないらしく、やはり口を閉ざしたまま、にやにやして颯矢の様子を窺っている。

（完全に面白がられてるなあ）

基本的に人を面白がらせるのは大好きだ。

でも、自分も一緒に面白がれなきゃつまらない。

「パンツ貸して」

「は？」

いっちょ驚かしてやれと、わざと唐突にそう言うと、思惑通りに信高は驚いた顔を見せてくれた。

「真新しくなくていいから、ちゃんと洗濯してあるやつ。直《じか》に触ってんなら、間接的に布越しに接触するぐらいどうってことないしさ。——で、シャワーも貸して」

驚かせてやったと面白がりながら颯矢がベラベラしゃべるうちに、驚いていた信高の顔に笑みが浮かんでくる。

「やっぱりおまえ面白いよ。——他の着替えも貸すけど、どうする？」

「あんたとじゃサイズ違うし、帰るときに着替えるのも面倒だからそれはいい」

そう言いながらベッドから出ようとした颯矢は、ふとためらう。

（俺、すっぽんぽんだったっけ）

もともと颯矢は羞恥心《しゅうちしん》が限りなく少ないほうだ。

それに信高の言葉通りなら、今さら裸を見られることぐらいどうってことないはずなのだが……。

（なんか、こう……視線が妙に気になる）

ただ面白がられて観察されているだけなら平気なのだが、そこにセクシャルな意味合いが入るとなると、どうにも勝手が違う。

くすぐったいような、微妙に照れ臭いような感じがして、なんとも奇妙な感覚だ。

下心アリの男友達に生足や胸元を晒《さら》す女の子達は、いつもこんな気分なんだろうかと思ったり……。

（でも、ま、それはそれで滅多にできない経験だし面白いか）

颯矢は、勢いよく布団をはいで、信高が椅子の背もたれにかけていてくれた服を手早く身につける。

その姿をにやにやしつつ堂々と眺めていた信高は、颯矢の着替えが終わった段階で寝室のドアを開けた。

「シャワールームは一階だ」

「ここ二階？　ってことは、マンションじゃないんだ？　賃貸？　持ち家？　家族は？」

信高の後を追うようにして階段を降りつつ、持ち前の好奇心を発揮して矢継ぎ早に聞くと、信高は苦笑したようだった。

「昨夜、家に来たときにも同じことを質問してたけど？」

「悪い。覚えてない。思い出すのも面倒だし、も一回教えてくれる？　適当でいいからさ」

「じゃ、適当に……。ここは、俺の師匠が住んでた家で、今は俺がひとりで暮らしてる。移住が決まったとき、師匠が俺にくれたんだ。簡易スタジオや暗室なんかもついてるから、どうせなら同業者に使って欲しいってさ」

「師匠さん、太っ腹だねぇ」

「全くだ。師匠夫婦は子供がいないから、最後の弟子の俺のことを子供扱いしてる節もあるんだが……。でもまあ、さすがにただで貰《もら》うわけにはいかないから、相場よりかなり安い金額で売買契約を結ばせてもらったよ。今もそのローンを師匠に払ってるところだ。ちなみに、ローンの利子は、月に一回、師匠の移住先に俺から電話をかけること」

「い〜い師匠だねぇ」

（そんでもって、きっと信高自身もいい人なんだ）

でなければ、家をぽんとくれてやると言われるほどに可愛がられることもなかっただろう。

「ありがとう。俺もそう思うよ」

師匠が誉められたのが嬉しいのか、信高がくしゃっと笑う。

やっぱりいい笑顔だなと颯矢は思った。


広いバスルームはちゃんと掃除も行き届いていて気持ちよかった。

勝手にシャンプーやらボディソープやらを使わせてもらって、一気に全身を洗った後で頭からシャワーを浴びてまとめて泡を流しながら、颯矢はなんとなく昨夜のことをぼんやり思い出していた。

（ワイシャツ脱がされたあたりまでは、なんとなく覚えてんだけど……）

耳元や喉をくすぐられて、ぎゃははと笑ったような気がする。

その後、くすぐられたところに信高の唇が触れたような……。

（そっか。ちゃんとキスもしたんだっけ）

悪戯《いたずら》半分でついばむようなキスを何度もしているうちに、どんどん興が乗ってきて、自分からがっしりと信高の首にしがみついて深いキスを仕掛けたような気がする。

男相手でもちゃんと気持ちよくなるもんなんだなぁと思いながら……。

（で、その後……）

さらに興が乗って、自分に触れることで興奮しかけていた信高のそれに、面白がって自分から手を伸ばした記憶がふっと甦る。

それが手の中で大きさを変えていくのが妙に楽しくて、夢中で扱《しご》いたような気も……。

（いくら酔ってたからって、我ながらよくやるよ）

男に恋している自分を自覚しているとはいえ、もともとゲイではなかったから、想像するとしても軽いキス止まりで、それ以上の性行為を想像したことなんてなかった。

最後までしなかったとはいえ、一気に実体験してしまうなんて、人生なにが起きるかわからない。

だからこそ面白いのだけれど……。

（男相手でも、嫌な感じは全然なかったな）

触るのも、触られるのも、興奮したけど嫌悪感はまったくなかった。

これでいつか十和田とそういう雰囲気になったときでも、ためらいなく応じることができるってものだ。

（信高とは、これっきりだ）

あれは、酔っていたからこそのご乱行。

いくら口説くと宣言されているとはいえ、ちゃんと他に好きな人がいるのだから、二度目はない。

相手が男でも女でも関係ない。

それなりに、自分の中でのけじめは必要だ。

（でもまあ、悪い経験じゃなかった）

はっきり全部思い出せたわけじゃないけど、思い出した限りではそう思える。

シャワーを止めた颯矢の顔には、普通に笑みが浮かんでいた。


バスルームから出て、先に言われていたように広いダイニングに向かうと、信高がふたりぶんの朝食を用意していてくれた。

「おお、美味そう」

グリーンサラダにクロワッサン、スクランブルエッグに厚切りベーコン等々、まるでお洒落なホテル並だ。

「どうも。見栄えだけで、たいした手間はかけてないんだがな」

「手間をかけずにこんだけ作れるんなら、それはそれで尊敬するよ」

勧められるより先に、いただきますと手を合わせて、まだ湯気を立てているスクランブルエッグをさっそく食べてみると、とろっとしていてとても美味しかった。

「そういえば聞くの忘れてたが、会社行かなくて大丈夫なのか？」

信高が、スクランブルエッグをクロワッサンに載っけてがつがつ食べていた颯矢に聞いた。

「平気、でなきゃもっと焦《あせ》ってるって」

颯矢はすでに十時を回っている壁時計に視線を向けた。

「フレックス？」

「ううん。代休。先週末は先輩が企画したイベントの手伝いに駆り出されて出勤だったから、今週は今日明日休みにしてあるんだ。ちょうどよかったよ。——そっちは？」

「帰国してやっと落ち着いたところで、本格的な仕事再開はもうちょい先だ。以前の仕事先への挨拶《あいさつ》もまだだしな」

「ふうん。カメラマンって、基本ひとりで仕事するもんじゃないの？」

「写真はひとりでも撮れるが、発表する場をコンスタントに確保するためには企業の協力が必要なんだよ。俺は黙ってても仕事が舞い込むような大御所じゃないからな。賞を取った後は一時的に持ちあげられもしたが、半年も日本から離れた今となっちゃ、その恩恵ももう消えただろう。っていうか、この際、一から出直しする気でいるんだけどな……」

そんなことより、と、信高はテーブルに軽く身を乗り出した。

「もし予定なかったら、この後、俺とどこか行かないか?」

「は?」

「だから、俺とデートしないかって聞いてるんだよ」

「デート?」

(これも口説いてるつもりか)

好きな人が他にいるんだから、信高とはもう遊ぶまいと思っていたはずなのに、好意を前面に押し出した明るい笑顔で誘われると、なんだか妙に浮き浮きしてしまう。

「う〜ん、そうだなぁ。遊びに行く場所次第かな」

颯矢は、内心の浮き浮きした気分を隠し、ちょっと偉そうに言ってみた。

どっか連れてってと女性にお願いされたことならあるけれど、遊びに連れて行ってもらったことはない。

一度、エスコートされる側になってみるのも新鮮で楽しそうだ。

「どんな場所が好みなんだ?」

「内緒。当ててみな」

パクッとクロワッサンを食べながらニコニコして告げると、「そうだな……」と信高は軽く片眉《かたまゆ》を上げて真剣に悩み出した。

「趣味もなにもまだ聞いてなかったから、好みがわからないのがネックだな。しかも、帰国直後で、面白いスポットもわからないし……。――オーソドックスなところで、野球かサッカー観戦とか、映画を見に行くとか、ドライブがてらちょっと遠出して食事するとか。後は男ふたりで気まずくなかったら、テーマパークや遊園地に行くのもありか……」

「遊園地？」

ピクッと颯矢が反応を示すと、それに気をよくした信高は大きく頷いた。

「帰国してから見た遊園地のＣＭで、真冬のお化け屋敷を宣伝してて、ちょい珍しいから記憶に残ってたんだが、どうだ？」

「いいね。真冬にお化け屋敷ってのは、ちょっと面白そう」

「だろ。絶叫系の新アトラクションもあるみたいだぞ」

「よし、それに決まり！　俺、遊園地大好き」

そうと決まれば呑気《のんき》にご飯を食べている暇はないと、颯矢は急いで朝食をかっこんだ。

さすがにスーツ姿で遊園地に行くのも変だし、わざわざ家に戻るのも面倒なので、やはり信高から服を借りることにする。

「ちょっと大きいな」

ハイネックのニットとコーデュロイのパンツに着替えた颯矢は、我が身を見下ろして苦笑した。

身長差は五センチ程度だが、横幅はけっこう違うようでダブダブだ。

とはいえ、その程度のことを気にするような繊細さの持ち合わせはない。スーツよりはマシだと、その上から無造作にダウンを羽織ってそのまま遊びに行くことにした。

ちょっとしたドライブ気分を味わいながら辿り着いた遊園地は、平日だというのにけっこう混んでいた。

信高とふたり、大学生のカップルや家族連れに混じって遊んだのだが、これが思った以上に楽しい。

信高は、颯矢が気に入ったアトラクションにしつこく何度も並んでも文句を言わずにつき合ってくれたし、子供じみた颯矢のはしゃぎっぷりを面白がりこそすれ、止めようとしたり恥ずかしがったりはしなかった。

それどころか、絶叫系のアトラクションでは同じテンションで騒いでくれたし、お化け屋敷に入ったときなどは、別に示し合わせたわけでもないのに、気づくと互いに互いの隙をついて脅かしあったりして恐怖を二倍楽しめた。

(信高とだと気楽でいいなぁ)

これが普通の友達関係のつき合いだと、必ずと言っていいほど女の子が同行してくるので、彼女達のために休憩を多く入れなきゃいけないし、彼女達の好むアトラクションに時間を取られすぎて、絶叫系のアトラクションに気が済むまで乗ることができなくなってしまう。しかも遊園地の雰囲気に飲まれるまま、ついうっかり颯矢が本気ではしゃいでしまうと、ドン引きだと白い目で見られたりもする。

もちろん、これは遊園地に限ったことじゃなく、河川敷《かせんじき》でのバーベキューや海でのレジャーでも同じことだ。

そんなことが大学時代に何度かあったお蔭で、さすがの颯矢もそれなりに学習した。

今では女の子達と一緒のとき、ひとりではしゃぎすぎないよう気を遣う術《すべ》も覚えたが、それだとやはり自分が楽しくないので、友達に誘われても最近では断ることが多くなっている。

(女の子と遊ぶより、男と遊んだほうが楽しいってのは、やっぱり俺もゲイだからなのかな)

十和田を好きになったのは特別で、それ以外の部分では普通だと自分では思っていた。

でも、昨夜から信高と一緒にすごす時間の楽しさや気楽さに、その確信がちょっと揺らぐ。

(単純に、俺がガキ臭いだけかもしんないけどさ)

——颯矢くんって見た目よりずっと子供なのね。小学生の男の子が、身体だけ大きくなったみたい。

これは大学時代の颯矢がついうっかりはしゃぎすぎたときなどに、一緒に遊びに行った女の子達から決まって言われたセリフだ。

そんなセリフと共に、温い視線とちょっと困ったような微笑みを見せられるのが常で、その度に颯矢は自分が彼女達の恋愛対象から弾《はじ》かれたことを実感させられたものだ。

恋人をゲットしたいがために遊びを企画していた友達連中とは違って、颯矢はただ遊びたいだけだったからそれでも構わなかったのだが、まるっきり対象外だと排除される度にちょっとした疎外感はあった。

最初から友達ってことにしといてくれれば、がっかりさせることもなかったし、疎外感を覚えることもなかった。

お互いに、ただ楽しいだけでいられたのに……。

(信高も、俺のこと友達ってことにしといてくんないかな)

せっかくテンションが合う遊び相手が見つかったのに、色恋沙汰《ざた》が絡んだせいで気まずくなったりするのは嫌だ。

そんな風に思う自分が、自分で思っている以上に子供なのだということに颯矢はまったく無頓着《むとんちゃく》なままだ。

遊園地に到着したときにはすでに昼をすぎていたので、心ゆくまで遊んでいたら閉園ぎりぎりの時間になっていた。

園内の売店で、夕食代わりにホットドッグやドリンク等をふたりぶん買い、信高が出してくれた車でまた二時間以上かけて都内へと戻ることにする。

途中でどっか洒落たレストランにでも入ろうかと信高には誘われたのだが、遊園地ですっかり上がったテンションが、上品な空間に入ると台無しになってしまいそうなので遠慮しておいたのだ。

「今日はすっげー楽しかった。ありがとな」

ホットドックを囓《かじ》りつつ運転中の信高に礼を言うと、「こちらこそ楽しかったよ」と返事がきた。

「久しぶりに童心に返れた。遊園地は八年ぶりなんだが、アトラクションもずいぶん変わってるもんなんだな」

「客に飽きられないように、きっと遊園地側も必死なんじゃない？」

「かもな。次に新アトラクションが発表されたら、またふたりで来ようぜ」

そんな信高の誘いに、本当に楽しかった颯矢は「いいよ」とすんなり頷く。

だが、その後、考えなしな颯矢にしては珍しく、少しだけ考えた。

（でも、ちょっと距離をあける必要はあるかな）

信高とは可能な限り友達としてのつき合いを続けたかった。

変に迫られる隙をつくったせいで気まずくなりたくない。

「悪いんだけどさ。このまま家に寄ってくれる？　こっからだと信高の家の手前だから、そんな遠回りにならないと思うし」

「スーツを家に置きっぱなしだろ？　ちゃんと送るから、家に取りに寄って行けばいいじゃないか。なんだったら、もう一泊してもいいぞ」

俺は大歓迎だと、ちらりと横目で見られて、颯矢は、ほらきたと軽く首を竦める。

「今日は遠慮しとく。スーツは借りた服を返しに行くときに引き取るよ」

次の休日の午前中にでもちょっとだけお邪魔すれば、変な雰囲気になることもないだろう。

俺って賢いと、ひとり調子にのる颯矢は、基本考えなしなので、現住所を自分からバラすことになる迂闊《うかつ》さにはまったく気づいていない。

颯矢のポケットの中で携帯が鳴った。

液晶画面を見ると、どうしたわけかアパートの大家の名前が表示されている。

(なんだろ?)

珍しいなと不思議に思いながら携帯に出ると、「颯矢くん? 今どこ?」と初老の大家の奥さんの声がする。

「今は友達の車でアパートに向けて移動中です。なにかあったんですか?」

なんで声が震えてるんだろうと不思議に思いながら聞いてみる。

「あの……驚かないで聞いて欲しいんだけど……」

「はい、大丈夫ですよ。どうぞ」

「あのね……家《うち》のアパートなんだけど、いま燃えてるの」

「はい?」

「だからね。燃えてるのよ。アパートが……。消防車は来てくれてるけど、ちょっともう手遅れみたいで……」

全焼は免《まぬか》れないみたい、と言う大家の奥さんの声を聞きながら、颯矢は驚きのあまり、ぱかっと口を開けていた。


大学時代から、木造二階建ての同じアパートでずっと暮らしてきた。

学校に通うには便利だったアパートだが、働くようになってからはちょっとばかり通勤時間が長くて不便だし、隣りの部屋の声は筒抜けで、地震や台風では怖いぐらいによく揺れる。

築年数も古くてちょっと不便なところもあるけれど、周辺の下町加減がかなり気に入っていたし、アパートのすぐ近くで暮らしている大家夫婦と気があったしで、なかなか移動する気になれずにいたのだ。

信高に違法にならない程度に急いでもらってアパートに到着したときには、すでに火は消えていた。

車から降りた途端、火事場特有の焦げ臭い匂いが鼻を刺激して颯矢は思わず顔をしかめた。

火が消えた後も現場で慌ただしく働いている消防署の人達を少し離れたところで見てた大家夫婦が、颯矢を見つけて慌てて歩み寄ってくる。

「ああ、颯矢くん。こんなことになってしまってごめんなさいね」

「火の回りが早くて、荷物を運ぶ出す余裕もなかったよ。すまんな」

「そんなこと気にしないでください。それより、怪我人《けがにん》は？」

「それは大丈夫。火元の学生さんが、ちょっと火傷《やけど》したぐらいよ」

大家夫妻の話では、出火の原因は学生の煙草《たばこ》の火の不始末だったのだとか。

火の元には注意するようにとあれだけきつく言っていたのにと、とても悔しそうだった。

「保険のこととか色々あるからまた後で連絡するけど、今日はどうする？」

「え？」

「泊まるところはあるのかしら。すぐに泊まる場所が見つからないっていう学生さんを三人、うちに泊めることにしてるんだけど、颯矢くんもどう？」

「ああ、泊まる場所か。えーっと……」

収入のない学生ならともかく、社会人である颯矢が、大家夫婦に甘えるわけにはいかない。

さてどうしようかなと考えていると、ぽんと背後から肩を叩かれた。

振り返ると信高で、「家《うち》に来ればいい」と言ってくれる。

夜も遅いし、もうそれしかないかと、颯矢はありがたく申し出に従うことにした。

燃え尽きたアパートの前にいても消防署の人達の邪魔になるだけなので、大家夫婦に挨拶して再び信高の車に乗り込んだ。

「とりあえず買い物行くか？　この時間だと、大きめのショッピングセンターあたりならまだぎりぎり開いてるだろう」

「あー、そっか……。荷物全部燃えちゃったんだっけ……」

大家夫婦の手前さっきまではなんとか気を張れていたものの、信高とふたりきりになった途端、この衝撃的な現実にさすがの颯矢もガクッときた。

ボーナスで買ったお気に入りの鞄《かばん》やコートも想い出の品々も、なにもかも燃えてなくなってしまったのだ。

「……もったいないなかったなぁ」

失われたもののことを思うと、ふうっと身体から力が抜ける。

がくんとうなだれてしまった颯矢の口から、はあっと深い溜め息が零《こぼ》れた。

「あ～あ、せっかく今日は楽しかったのに、最後にこれだなんて……」

人生なにが起きるかわかったもんじゃない。

再び溜め息をついていると、「大丈夫か？」と心配そうな声がして、くしゃっと髪の毛を撫《な》でられた。

「元気だせよ」

「うん。元気出す……。落ち込んでたってしかたないもんな」

というか、根本的に楽天家なので、長く落ち込んでいることすらできないのだ。

顔を上げてよいしょと椅子に座り直した颯矢は、信高に向けて頭を下げた。

「とりあえず今晩一晩、世話になるよ。よろしく」

「まかせろ。――一晩と言わず、ずっとでもいいぞ」

「ありがたいけど、でもとりあえず明日、泊めてくれそうな友達に声かけてみるから」

口説くとか言われている相手の家にずっと泊まるのはマズいような気がするし、なにより信高とは昨日出会ったばかりでつき合いも浅い。

こういうとき、先に頼るべきは長くつき合いのある相手のほうだろう。

「そうか？　まあ、いつでも泊まれる家が一軒はあるってこと覚えといてくれ」

「わかった。ありがとう」

颯矢は、心から感謝してもう一度ペコッと頭を下げた。


その夜は買い物に行く気にどうしてもなれなかったから、そのまま信高の家に直行して客間に泊めてもらった。

翌日は信高につき合ってもらって、細々《こまごま》とした日常品をあちこちで買い込んだ。

その後、大家さんや母、大学時代の友達に連絡をつけたりと慌ただしくすごした。

居候させてくれと何人かの友達に頼んでみたが、主に女性絡みの理由で軒並み断られた。

颯矢が大学に入学すると同時に再婚した母にも頼んでみたのだが、再婚相手の娘さんがふたり目の子供の出産のために子供連れで里帰りしているとかでちょっと無理だと言われた。新しい住居を見つければよさそうなものだが、生憎《あいにく》と颯矢はちょっと考えなしで楽天家なので貯金がほとんどない。

金を借りることも考えた。

だが、保険さえ入ればすぐに金は返せるものの、借金をしているという行為自体が颯矢にとってはマイナスイメージであまり楽しいものじゃない。

それよりは、少々問題はあるものの信高の好意に甘えたほうが、日々の生活が楽しくなるような気がする。

なので、その日の夜、信高に改めてお伺いをたててみた。

「保険が下りるまで一ヶ月ちょいかかりそうなんだけど、その間ここに置いてくれる?」

信高は「もちろん」と嬉しそうに頷く。

「保険が下りるまでと言わずに、ずっといていいぞ」

「今だけで充分。家賃と諸経費だけど、いくらか先払いしたほうがいいかな?」

「金なんていらないよ」

「いやいや、ただより高いものはないって言うだろ? 身体で払えって言われても困るしさ」

と、冗談半分で言ってみたら、「ちっ、駄目か」と信高が半ばマジで悔しそうな顔をした。

「この間みたいに、お互いにちょっと楽しむぐらいならよくないか？」

「ダメダメ。あれっきりにしとこうよ。って言うかさ、できれば、世話になってる間は口説くのも止《や》めて欲しいぐらいなんだけど」

「なんでだよ。お互いにフリーなんだから、それぐらいはいいだろ？」

「よくない。あんたに口説かれると、なんか俺、浮き浮きして調子に乗っちゃうんだよ」

目の前に楽しいことが転がっていたら、とりあえず拾わずにはいられない。

そんな颯矢にとって、信高に口説かれるという体験はあまりにも楽しすぎるのだ。

信高となら普通に友達づき合いするだけで充分に楽しいはずなので、なんとか友達止まりにしておきたいところなのだが……。

「浮き浮きって……。俺に口説かれて楽しいってことか？」

「うん。けっこう楽しい」

怪訝《けげん》そうに聞く信高に、ちょっと考えなしの颯矢は素直に頷いた。

「なるほど。脈アリだな」

「はあ？　なんでそうなるわけ？」

「なんの興味もない奴に口説かれて、普通浮き浮きするか？」

真剣な顔で問われて、颯矢は言葉に詰まってしまった。

「……しないかな？」

「しないだろ。だから、口説くな、なんて寂しいことは言わないでくれよ。家主の権限を振りかざして無理に迫るような真似《まね》はしないからさ」

「まあ、そこら辺は信用してるけど……」

出会ったばかりだが、颯矢には信高がその手の卑怯《ひきょう》な真似をしないという確信があった。そんなことをしたら、その後、ふたりでいても気まずいばかりで、楽しく笑ってすごすことができなくなる。

それは信高の望むことではないだろう。

「なら大丈夫だな。――改めて言っとくが、俺は本気になったぞ。これからも口説くからな」

「う～ん、だから、それ困るんだって」

「なにが困るんだ？」

「だって、ほら、俺は十和田さんひとすじだからさ」

「俺に口説かれて、気持ちが揺れるのが怖いのか？」

信高が、にんまりと笑う。

「怖かないよ。ただ好きな人がいるのに、他の人に口説かれて浮き浮きすんのって、なんかけじめがないみたいで嫌な感じがするだけ」

「片思いの相手に操立《みさおだ》てしてどうする。虚《むな》しい片思いはもう止めて、新しい恋に飛び込んだほうが幸せになれるぞ」

ほらこい、と差し伸べられた手の平を、やなこった、と颯矢はパチンと叩いた。

「俺は片思いでも充分幸せなの。誘惑しても無駄」

ふんと威張ると、「なかなか手強《てごわ》いな」と信高が楽しげに笑う。

「でも、そう簡単に諦めてやらないぞ。覚悟しとけ」

「おうよ。俺は絶対に負けないからな」

ぐっと拳《こぶし》を握って、ふざけてファイティングポーズを取ってみる。

よしきたと信高も笑いながら同じくポーズを取ってくれたので、試しに拳を前に突き出してみると、信高も腕を伸ばしてきてコツンと拳を合わせてくれる。

（やっぱ、ノリが合う）

一緒にいて、こんなに楽で楽しい相手ははじめてかもしれない。

颯矢はこれからはじまる新しい生活を、まるで楽しいイベントのように感じていた。

3

「おい、そこの馬鹿」

「はい！」

会社で十和田に呼ばれた颯矢が浮き浮き近寄って行くと、唐突に「大丈夫か？」と聞かれた。

「なにがですか？」

「おまえの干からびた脳みそは、たった二日前の火事の記憶すら止《とど》めておけないのか？」

「ああ、その件ですか。大丈夫です！　ほら、怪我もしてないし、元気元気」

「おまえが元気なのは見りゃわかる。そっちじゃなく、新しい住処《すみか》は見つかったのか？　家財道具一式燃えたんなら、なにかと物入りだろう。おまえのことだ。どうせ貯金なんてろくにしてないんだろう？　金は足りてるか？」

「さすが、お見通しですね。十和田さんは千里眼ですか？」

「馬鹿言ってるんじゃない。普通に見てりゃわかることだ。——で、今はどこで寝起きしてるんだ？」

「友達の家に居候させてもらってます」

その友達が、もともとは佑樹の友達だと告げたら、佑樹の関係者に迷惑をかけるなと十和田に怒られそうな気がしてさすがに言えない。

「お金のほうは一ヶ月後ぐらいに火災保険が下りるんで、そしたらなんとかなる予定です」

「予定ねぇ……。おまえの予定は当てになるのか？」

「なりますなります。大丈夫ですって」

「それならいいが……。とりあえず、その泊めてくれてるっていう奇特な友達に心から感謝して、絶対に迷惑かけるなよ」

「はい！」

わかりましたとビシッと敬礼したのに、十和田から疑い深そうな視線を向けられる。

（大丈夫なのにな）

同居生活は、今のところ順調だ。

勤め人じゃないぶん時間が自由になるからと、信高が家事全般ひとりで引き受けるとありがたいことを言ってくれたが、さすがにそれでは申し訳ない。料理が一切駄目な颯矢は、とりあえず掃除を担当することを自ら宣言してみたのだが、これに信高が大喜び。

最初に泊めてもらったときに綺麗《きれい》にしてあると思ったのは、帰国直後に半年分の埃《ほこり》を払うために業者を入れたからで、信高本人はあまり掃除が得意ではないらしい。

「料理と掃除、お互いに苦手な家事を無理なくフォローしあえるなんて、俺達の相性がいい証拠だな」

「うん。確かに」

嬉しそうに言う信高の真意にも気づかないまま、颯矢は深く頷いて同意した。

（十和田さんにも感謝しろって言われたことだし、今日からもっと掃除頑張ろう）

お世話になるぶん、役に立たなければ。

その日から颯矢は、それはもう熱心に家中を磨き上げはじめた。

もともと身体を動かすのは大好きだし、掃除はやればやるだけ見た目に結果が現れるから、ハンパない達成感があって実に楽しい。

「明日は家中の窓をピカピカにしてやるからな」

同居してからはじめての休日の前夜、颯矢が張り切ってそう宣言すると、信高が珍しく憂《ゆう》鬱《うつ》そうな顔をして溜め息をついた。

「いくらなんでも、休みの日にまで働かなくてもいいだろう」

「働いてるつもりはないよ。むしろ楽しくやってるんだから、気にすんなって」

「気にする。せっかく同居してるってのに、おまえはいつも掃除ばっかりしてて、一緒にいる時間がほとんどないじゃないか」

「そうだっけ？」

ちょっと情けない顔で指摘する信高に、颯矢は首を傾げた。

「自覚ないのか？　食事してるとき以外、ずっとあちこち掃除しまくってたじゃないか。てっきり口説かれたくなくて、俺を避けてるのかと思ってたよ」

「いやいや、俺、そういう卑怯な真似はしないから。単純に掃除が楽しくて夢中になってただけ」

信高の家はひとり暮らしにはもったいないほど広くて、掃除する場所には事欠かないから、ここが終わったら次はあっちと、確かに家にいる間、切れ間なく掃除し続けていたかもしれない。

夢中になると周囲が見えなくなってしまうのは、颯矢の子供の頃からの悪い癖だ。

「それなら、頼むから休みの日ぐらい俺と遊んでくれよ」

これじゃ同居しててもつまらんと信高に言われて、それもそうかと颯矢は素直に反省した。

そもそも、この家に居候させてもらうことにしたのは、信高と一緒なら楽しい時間をすごせるに違いないと思ったからだ。

ひとりで掃除して楽しむためじゃない。

「わかった。じゃあ、明日は信高と遊ぶ」

「よし、決まりだ」

どこに行きたいと聞かれた颯矢は、前回は自分の好みの場所だったから今回はそっちが行きたいところでと答えた。

「そうか。じゃあ明日までに考えとくよ。――これで、やっと二度目のデートだな」

信高が嬉しそうにくしゃっと笑う。

「デートじゃない。一緒に遊ぶだけ」

そこは勘違いされないようきっちり否定しといた。


そして翌日の朝、客間のベッドで熟睡していた颯矢は、突然、お腹《なか》と膝《ひざ》のあたりに強い衝撃を感じて一気に目が醒《さ》めた。

「なんだっ⁈」

びっくりして見開いた視界の中、小さな男の子がふたり、布団の上から颯矢の上に乗っかっている。どうやらさっきの衝撃は、このふたりが揃ってダイブしたものらしい。

さらっさらの黒髪にくりっとした二重の目、楽しげに満面の笑みを浮かべたその顔立ちはふたりともよく似通っていて、一目で兄弟とわかる。

どこの誰だろうとか、なにか用があって起こしにきたのかとか、そんな常識的な疑問を抱くより先に、脳天気な颯矢はとりあえず驚かされたことに対する報復手段に出た。

「このちび共、よくもやったな！」

満面の笑みでガバッと起き上がりながら、腹の上に乗っていた大きい子にふわっと布団を被せて、くるんと布団蒸しにする。

唐突な反撃にびっくりして逃げようとした小さい子は、すかさず摑まえて引き寄せると、こちょこちょと脇腹《わきばら》をくすぐってやった。

きゃははっと、小さな子が身をよじって笑い転げ、それにつられるように、くすぐられてもいない大きな子も布団の中で声を出して笑う。

（おっ、いい反応）

変にひねたところのない、子供らしい素直な反応に颯矢はすっかり嬉しくなった。

「おまえら、どこの子だ？」

そう聞きながら小さな子を離してやると、質問に答えるより先に、お兄ちゃんを助けるべく小さな手で不器用に布団をはぎにかかる。

その行動が気に入った颯矢が、協力してお兄ちゃんを布団から出してやっていると、子供達が開けっ放しにしていたドアから信高が顔を出した。

「ここにいたか。客間には絶対に行くなって言っておいたのに……」

「これぐらいの子にそんなこと言ったら逆効果だろ。この子達、信高の子供……のわけないか。——どこの子？」

ゲイだとカミングアウトされたことを思い出して聞くと、「甥《おい》っ子だ」と信高が答えた。

「姉の子なんだが、起こして悪かったな」

「平気。こういうサプライズは大歓迎だ。――名前言えるか？」

布団から出てきたお兄ちゃんのほうに聞くと、「敏也《としや》、五歳」と元気に答える。

それに張り合うように、小さい子も「和也《かずや》！　三歳！」と大きな声を出す。

「敏也に和也か。俺は颯矢だ、よろしく」

ちょっとだけ名前が似てるなと言うと、子供達は嬉しそうに笑った。

「颯矢にいちゃん、朝ご飯いっしょに食べよ」

「僕、お腹空《す》いたー」

「よしきた。――できてる？」

「ああ。着替えたら降りてこい。――おまえ達は、とりあえずメシの前に手を洗え」

甥っ子ふたりを強引に小脇に抱えて、信高が部屋を出て行く。

颯矢も急いでセーターとジーンズに着替えて、一階のキッチンに顔を出した。

「早く早く。颯矢にいちゃん、いただきますしよ」

みんな揃って『いただきます』をしてから食事を取るというように、家で躾《しつ》けられているのだろう。先にテーブルに着いていた子供達が颯矢を急《せ》かす。

いい子達だなと感心しながら、テーブルに座る。

テーブルの上には、ハチミツのかかったふわっふわのパンケーキとカボチャのスープ、ミックスベジタブル入りのスクランブルエッグとウインナーなど、子供が好きそうなメニューが並んでいた。

「ガキ共につき合わせて悪いな」

「悪くないさ。こういうの、俺けっこう好きだし……。この家に、子供向けの食器があるって今まで気づかなかったな」

颯矢は、子供達の前に並べられたカラフルな皿やフォークに目を細めた。

「これのほうが食いつきがいいからって、姉貴が食材と一緒にわざわざ持ってきたんだ」

「姉ちゃんって、いつ来たんだ？」

「颯矢にいちゃん、信おじちゃん、お腹空いたー」

「あ、ああ。悪い。――じゃあ、いただきます」

急かされた信高が手の平を合わせると、子供達もちゃんと小さな手の平を合わせて「いただきます！」と元気に挨拶してから夢中になって食べはじめる。

「かーわいいな。ちゃんと躾けもされてるし、いい子達だ」

「そうだな。半年ぶりに会ったってのに、まったく人見知りしないから助かったよ」

「帰国してから実家に帰ってなかったんだ」

「いや、実家には顔を出した。こいつらは、姉貴と一緒に実家近くのアパート暮らしだから、会いそびれてたんだ」

バツイチで母子家庭やってるんだと、夢中になって食べている子供達を気遣うように信高が小さな声でつけ加える。

「ふうん、そっか」

同じく母子家庭育ちの颯矢は、ちょっと親近感を覚えて子供達を眺めた。

「姉貴のやつ、急に仕事に行かなきゃならなくなったとかで、今朝アポなしで大荷物抱えて襲撃してきたんだ。この子達の面倒を夕方まで見ろだとさ」

普段は近くで暮らしている実家の母が面倒を見てくれているらしいのだが、そちらのほうも夕方まで用事があって留守《るす》にしているのだとか。この年頃の子供をふたりきりで放置しておくわけにはいかないから、信高が面倒を見るしかないと言う。

「で、悪いんだけど、俺は今日一日こいつらの相手しなきゃならなくなっちまった。もし子供の相手が面倒なら、おまえはどっか出掛けてくれて構わないから」

「悪くないし、面倒でもないな。この子達が今日のメインイベントでもいいぐらいだ」

「は?」

「俺、子供と遊ぶの好きなんだ。この子達なら大歓迎。――ってか、遊ばせろ!」

颯矢が前のめりになって迫ると、信高はほっとしたような顔で頷いた。

朝食の後、子供達が持参してきた子供向けのサッカーボールを持って近所の公園へ。

昼食後は、やはり子供達が持参してきた絵本やアニメのＤＶＤを見てすごした。

同じ目線で、なおかつ本気で遊んでくれる新しい遊び相手が嬉しかったのか、子供達は颯矢にべったりくっついて午前中からフルパワーで大はしゃぎしていたが、午後になるとさすがに疲れてきたようでアニメを見ているうちにこてんと眠ってしまう。

「こんぐらいの子供は一回寝たらなかなか起きないからな」

眠っていても目を離すのは怖いので、リビングに布団を敷いてふたり並べて寝かせる。起きたらもうひと遊びしようと思っていたのだが、その前に信高の母から、もう家に戻ったから子供達を連れておいでと連絡があって、子供達が起きるとすぐに信高が車に乗せて実家へと連れ帰ってしまった。

「あ〜、つまんない」

ひとり家に残った颯矢は、しかたなく一番最初の計画通りに窓ふきに取りかかったが、お掃除モードから遊びモードに気持ちが切り替わっていたせいか、やる気が起きずすぐに飽きた。

こういうとき、いつもならひとりで近場の下町散策にでも出るのだが、生憎とこの近辺にはまだ詳しくなかったし、本来ならば信高と一日遊ぶ予定だったせいもあって、ひとりで家を離れる気にどうしてもなれない。

しかたなくぼけっとテレビを見てすごしていると、「悪い、退屈させたか」と重箱を手に信高が戻ってきた。

「それ、どうしたの？」

「今日の礼に、お袋から持たされてきた」

どれどれと重箱の中を覗くと、中には手作りの太巻きやお稲荷《いなり》さん、鶏の唐揚げやポテトサラダ等がぎっしり詰まっている。

改めて遊びに行くにはもう遅い時間帯だからと、これをつまみにして一杯やることにした。ゆったり飲めるようリビングのテーブルに料理や酒を並べて、はす向かいでソファに座ってまずはビールで乾杯。

お稲荷さんを頬張りつつ、生来の好奇心を発揮してあれこれ聞いてみる。

「実家って、こっからけっこう近い？」

「ああ。車で三十分かからないから近いほうだろうな」

「兄弟は姉ちゃんだけ？」

「いや、うちは五人兄弟なんだ」

「五人！」

すげーと驚くと、珍しいだろと信高が肩を竦める。

「俺は末っ子だ。で、兄貴と姉貴がふたりずつ。さっきのちび共は一番上の姉貴の子供で、長男夫婦が両親と同居中。下の兄貴はまだ独身で仕事で北海道にいる。下の姉貴は結婚して旦那《だんな》の転勤で大阪暮らしだな。末っ子は上からこき使われる運命にあるから、ガキの頃はマジで大変だったよ」

「兄ちゃんや姉ちゃんに面倒見てもらえそうなイメージがあるけど」

「それは兄姉の性格によるよ。家の場合は、特に上の兄貴と姉貴がジャイアンなんだ。今日だって、俺がちび共の面倒を見るのが当然だとばかりに、なんの前触れもなくいきなり押しかけてきやがった」

用事があるから駄目だと言ったのに聞きゃしないと、ビールを一気飲みして、すぐにウイスキーのロックに切り替えた信高が不機嫌そうに愚痴る。

「でも、お蔭で俺は楽しかったよ」

「本当か？　俺に気を遣ってるんじゃないか？」

「ないない。俺、気を遣うとか、そういう面倒なことできない。いつだって本音で生きてるからさ」

颯矢が意味もなく威張ると、「やっぱ、おまえいいな」と信高は目元を緩めた。

「今日は助かった。ちび共も凄く楽しかったみたいで、お袋相手にず～っとおまえと遊んだ話をしてたよ」

「俺ならいつでも遊んでやるよ。俺、ひとりっ子だからさ、甥っ子とかすっげー……」

羨《うらや》ましいし、と言いかけた口を、颯矢はパクッと閉じた。

「なんだ？」

「あ、いや……。ちょっと今、嘘《うそ》ついた。俺、姉弟いるの忘れてた」

「忘れてたって……なんかわけあり？」

「いや、そういうんじゃなくて、実感がないだけ。母の再婚でできた義理の姉ってやつだからさ」

母が再婚したのは、颯矢が大学生になったばかりの頃。

再婚相手に五歳年上の娘がいたのだが、両親が再婚したとき、すでに彼女も家庭を持っていて別所帯になっていたので、姉弟というより親戚《しんせき》が増えたような感覚だ。

「その姉に子供がいるから、一応甥っ子もいるってことになるんだけど、滅多に顔合わせないんでやっぱり実感はないな」

「義理の親父さんと、あんま仲良くないのか？」

「いや、そういうわけじゃないよ。ただ、ちょっとノリが違うだけで……」

義父は真面目《まじめ》で堅実な男性で、母を託すのにこれ以上の人はいないだろうと思える人だ。

とはいえ、真面目で堅実なだけに、ちょっと考えなしで楽天家の颯矢のことが彼にはどうしても理解できないようだ。

ろくな人生設計もないまま、愉快で楽しい大学生活を送っていた颯矢のことが心配でたまらなかったようで、再婚したばかりの頃はけっこう忠告や助言をされていた。

「でも俺、そういうのどうしても駄目でさ」

今ちゃんとしておかないと後で後悔するよと言われると、まるで脅されているような気分になる。

きちんと計画を立てたほうがいいとも言われたが、その場のインスピレーションで自由に動くのが好きな颯矢にとっては、まるでこの先の人生に拘束具《こうそくぐ》を嵌《は》めろと言われているみたいで窮屈でしかたなかった。

そんなこんなで、お互いに悪意を持っていないのはわかっているのに、顔を合わせる度にどうしてもギクシャクしてしまう。

見るにみかねた母から、少し距離を置いたほうがいいみたいねと言われるほどに……。

「っていっても、もともと大学入学と同時にひとり暮らしをはじめてたから、月一で食事会してたのを止めにして、正月とお盆にだけ顔を出す程度のつき合いにしただけだけどな」

「……少し寂しいな」

「うん。ちょっとね」

颯矢は素直に頷いた。

そもそも母に、以前からつき合いのあった義父との再婚を勧めたのは颯矢だった。

母は颯矢が社会人になるまでは再婚しないつもりでいたようなのだが、それでは自分のせいで母の人生を浪費させてしまうような気がして我慢ならなかったのだ。

色々あったけれど、それでも母に再婚を勧めたことを後悔はしていない。

「親離れするいいタイミングだったんだ」

距離を置くようになってからは、帰る家がなくなったような心許《こころもと》なさを感じたこともあったが、それも今の会社に就職して、十和田や気の合う先輩達と毎日顔を合わせて楽しく働けるようになってからはほとんど感じなくなった。

だからちょうどよかったのだと思う。

「確かに俺達みたいなのは、どうしてもいずれ家族と距離を置く必要が出てくるからな」

「俺達みたいって？」

「ゲイってことだ。恋人つくるにしたって遊ぶにしたって、さすがに家族と同居じゃやりにくいだろ？　カミングアウトするのも、色々と問題があるし」

「信高って、家族にカミングアウトしてないんだ？」

「ああ。大家族なだけに、大騒ぎになるのが目に見えてるからな。——そっちは？　母親ぐらいには言ってあるのか？」

「ないない。だって俺、ゲイじゃないし」

「はあ？　なにを今さら」

颯矢のこの発言に、信高が呆れた顔をする。

「今さらじゃない。俺は十和田さんオンリーだって言っただろ？」

「確かにそう言ってたが……。じゃあ、十和田さんに惚れるまではノーマルだったって？」

「まあね。大学時代には、彼女も何人かいたし」

外見は普通にイケメンなので、颯矢は大学時代にそれなりにもてていた。

ただし中身がばれてくると、思ってたのと違うとか、やっぱりお友達に戻ろうよ、そのほうが楽しいからと言われてくると、あまり長続きはしなかったが。

「男とキスしたのなんて、信高とがはじめてだよ」

「そうだったのか……。そのわりに、あの夜はノリノリで楽しんでたよな？」

「ん～、あの夜のことは、酔ってたからあんま覚えてないんだよねぇ」

思いっきりとぼけた颯矢は、話題を変えるべく、この唐揚げ美味いなと重箱をつつく。

だが信高は、逃すものかと言わんばかりに、ぐいっと身を乗り出してきた。

「具体的に、どれぐらい覚えてるんだ？」

「どれぐらいって言われても……。そうだな。ちょいちょい断片的な感じ？」

「断片ねぇ。キスしたのは覚えてるんだよな？」

「うん、まあ……」

「覚えてるのは、どんなキスだ？」

「どんなって……。だから、はっきり覚えてないんだって」

颯矢がへらっと誤魔化し笑いをすると、信高はすかさず颯矢の隣りに移動して、ぐいっと肩に手を回してくる。

「じゃあ、あの夜にやったキス、順番にやってみせようか?」

「え、ちょっ……。待って待って!」

颯矢は慌てて手の平で唇を覆って逃げようとしたが、その手首を掴みつつ、ずいっと顔を近づけてくる信高の強引さにすぐに音《ね》を上げた。

「ごめん! ホントは覚えてる。覚えてるから勘弁して。俺、十和田さんひとすじなんだってば」

「覚えてて、よくそんなこと言えるな。ディープキスも触りっこも、先に仕掛けてきたのはおまえのほうだぞ」

「あー……。だって、ほら! あの夜はすっごい泥酔《でいすい》してたから理性とんでたし……。オスの欲求っていうか、好奇心に負けた感じ?」

「なるほど。酔えばノリノリになるってことだな」

よし、それなら飲めと、氷の入ったグラスになみなみとウイスキーを注がれて勧められる。

(……これ飲んだら、やっぱりまずいよな)

ただでさえ乏しい颯矢の理性は、酔うと皆無《かいむ》になる。

それがわかっているから断るべきだと理性ではわかっている。

わかっているけど、「ほら、乾杯!」と自分のグラスを掲げた信高に楽しげな顔で言われてしまうと、ちょっと考えなしで脳天気な颯矢もついつい同じノリで「かんぱーい!」と応じてしまう。

信高がぐいっと一気にグラスの中身を半分飲み干すと、負けてたまるかとばかりに同じようにぐいっと自分でも飲んでしまう。

楽しげなことが目の前にあると、どうしても我慢できない質《たち》なのだ。

（しかもこの酒、美味いし）

ラベルを見ると、見たことのない銘柄だった。

信高に聞くと、師匠からのもらい物で、国内では滅多にお目にかかれないお酒だと言う。

そんなことを聞いてしまったら、単純なので余計にグラスに注がれたウイスキーを飲まずにはいられなくなる。

颯矢が飲んだぶんだけ隣りに座る信高がチビチビと脇から注《つ》ぎ足すものだから、気がついたときにはけっこう酔いが回ってしまっていた。

「なあ、颯矢のこの髪、パーマ？　それとも癖毛？」

少しぼんやりしはじめた颯矢を、信高はこれ幸いと抱き寄せ、ちょいちょいと髪を弄《いじ》りながら聞いてきた。

「癖毛。ちょっと跳ねてても見ようによっちゃ洒落てるように見えるから、手間がかからなくて便利だよ」

「この無造作な感じが、おまえの派手めの顔立ちに似合ってる」

「俺の顔、派手かなぁ？」

「派手だろう。目の形もいいし、遠目でもわかるはっきりした顔立ちだ」

「そっかぁ。十和田さんを見慣れちゃってるから、俺なんか地味な部類かと思ってたよ」

「あの人の顔立ちはかなり独特だからな」

「超かっこいいだろ⁉」

勢い込んで顔を覗き込むと、はいはいと信高が苦笑する。

「そこは否定しないさ。でも、俺もけっこういけてるほうだと思わないか？ ――ほら、よく見てみな」

信高がぐいっと顔を近づけてくる。

「あ～もう。そんな近かったら見えないって」

ふたりの唇が触れ合う寸前に颯矢が首を引いて顔を離すと、微《かす》かに「ちっ」という音が信高の口の中から聞こえてきた。

「なんか言った？」

「言ってない。――で、俺の顔、どうよ」

「確か、初対面のときは、いきなりヘッドロックかけられたせいもあって、ワイルド系に見えてたんだけど……」

「けど？」

「今はけっこう知的な感じに見えるなぁ。たぶん、十和田さんと一緒で、年を取れば取るほど味が出てくるタイプなのかも」

茶系の長髪がしっくりと似合って見えるのは、信高が長身で彫りの深い顔立ちのイケメンだからだろう。

今はまだ若くて服装や立ち居振る舞いからワイルド系にも見えるが、年を重ねて落ち着きが加われば、きっと渋い男前になるに違いない。

「信高はさ、笑った顔が感じいいよ」

くしゃっと笑うその癖が、きっとこの先、信高の顔に深い笑い皺を刻んでいくはず。

いま目の前にある若々しい顔に、年を取ってなお明るく笑うその顔を重ね見て、間違いなく渋くて格好いいだろうなと颯矢は思う。

「俺、この顔好きだな」

顔をまじまじと眺めたましみじみ告げると、信高は照れたようで微かに口元が緩んだ。

「ありがとう」

「うん」

照れ臭そうな顔がなんだかやけに可愛く見える。

「信高の性格もいいと思う。外見の印象よりは穏やかで、いっつもニコニコしてるから一緒にいると楽だし気分いいし」

もっと照れさせてやれと後押ししたのだが、予想に反して信高は苦笑した。

「ご期待に添えなくて悪いが、俺が今いつもニコニコしてるとしたら、それはおまえが側《そば》にいるからだ」

「俺と一緒だと楽しい?」

「楽しいと言うか、面白いと言うか……。おまえに出会えてなかったら、俺は今ごろ一日中眉間に皺寄せて暮らしてたかもな」

「一日中……。う〜ん、それって、二重の意味で想像できない」

信高が一日中不機嫌そうなのも想像できないし、生来脳天気なせいで落ち込み続けていることができない颯矢にとっては、一日中不機嫌でいられるってこと自体が想像できない。

そう颯矢が言うと、信高は「おまえ、やっぱり面白いよ」と声をたてて笑った。

「俺はおまえと違って、感情の起伏が激しくないぶん、落ち込むと簡単に浮上できないんだ」

「落ち込まなきゃいいだろ?」

「それはそうなんだが……。落ち込むときも、こう、ゆっくり下降線を辿っていくから、自分が下がって来てるってことになかなか気づけないもんなんだよ。——ちょうど半年前ぐらいが最悪だったかな」

「半年前って、師匠さんに呼ばれた頃?」

「そう。あれは実際のところ、俺がどん底だって気づいた師匠が、なんだかんだ理由をつけて日本から引き離してくれたんだ」

「なんでそこまで落ち込んだわけ？」

「仕事が順調だったから……かな？　海外のそれなりに有名な賞を取ったお蔭でカメラマンとしての名が売れて、仕事が飛び込むようになったのはよかったんだが、その仕事の内容がいまいちだったんだよなぁ」

賞を取った頃の信高はまだまだ新人の域を出ていなかったから、依頼された仕事は喜んでなんでも受けた。

本の表紙やポスターなどで以前から撮り溜めていた写真を使わせてくれと言われるのは大歓迎だったし、メジャーな雑誌で写真を紹介してもらえるのも嬉しかった。

そうこうしているうちに写真の腕だけじゃなく、ビジュアルの面でもなぜか名が売れるようになった。徐々に芸能系の仕事が増えはじめ、有名アイドルや女優などの写真集の仕事が飛び込んでくるようになってくると、微妙に雲行きが怪しくなってくる。

「俺が撮る意味があるのかって、疑問を感じるようになってさ」

そもそも信高は風景写真を撮ることのほうが多かったから、人物写真は専門外。

しかも、女性には興味がないから、どんな美人が目の前にいても、ちっとも興味を持つことができない。

「被写体に興味を持てずに、いい写真が撮れるわきゃないんだよなぁ」

それなのに、写真集は信高と女優達のネームバリューでそれなりに評判になって売れる。売れれば、また同じような仕事が舞い込んでくる。

「そうこうしてるうちに仕事が楽しくなくなってきた。そうなると、もう駄目でさ」

カメラマンは信高にとっては夢の仕事だった。

夢を叶えて有頂天になっていたはずが、気がつくと肝心の仕事にやる気を持てなくなってしまっている。

生き甲斐《がい》を見失ったことで、沈み続ける気持ちに歯止めをかけることすらできなくなった。

「あ〜、それわかる。やっぱ、仕事は楽しいのが一番だよ」

「そうなんだ。それでも、いったん手に入れた名声というか、自分の価値を捨てることもできずに、ずるずるつまらない仕事を続けてしまって……。で、その頃の俺の写真を見て、俺の状態に気づいた師匠から、強制的にオーストラリアに呼び寄せられたわけだ」

仕事をキャンセルしてでもこっちに来い。俺の命令が聞けないのかという師匠の言葉に、我が儘な人だと、そのときは眉をひそめたものだ。

だが、日本を離れ半月もして落ち着いてくると、師匠がなぜ無理矢理自分を呼び寄せたのか理解できるようになった。

「リセットしてくれたんだ」

もはやルーティンワーク化して、重荷にさえなってしまった人生の夢を……。

「今はもう大丈夫なんだろ?」

「そう思って帰ってきたんだけどな。いざ、昔の仕事先に行こうとしても足が重くてさ。どうしたもんかと足踏みしてたときに、おまえと会ったんだよ」

それでまた踏み出す気になったと、信高が言う。

「俺、なんかしたっけ?」

「笑わせてくれただろう? それに……まあ、ちょっと色々と思い出したこともあってさ」

なにやら誤魔化すように信高の声が徐々に小さくなっていく。

「色々?」

「えっと……まあ、そこは置いといて……。——とにかく、おまえのお蔭で写真を撮りたいって気持ちを、もう一度思い出すことができたんだ」

以前の仕事先の中でも、賞を取る前からつき合いがあったアウトドア系雑誌の写真ページの仕事を細々と再開しつつ、オリジナル写真集を出すために写真を撮り溜めていくつもりだと信高は言う。

「金なら以前そこそこ稼がせてもらったし、焦ることもないからな。女優の写真集は、もう懲《こ》り懲《ご》りだ」

「女優じゃなく俳優ならいいんじゃない?」

「男でも好みのタイプじゃなきゃ撮っても楽しくない」

信高がきっぱりと言う。

「もともと人物写真を撮るのは得意じゃないんだ。――あ、でも、おまえのことは撮りたい」

今度撮らせてくれよと迫られ、颯矢は軽くのけぞった。

姿勢を変えたせいで、ジーンズの尻ポケットのあたりにふと違和感を覚える。

「あっと……。そうだった。これ、さっき拾ったんだ」

ごそごそと尻ポケットから取り出したのは、葡萄《ぶどう》をモチーフにした大きめのイヤリング。

子供達を送って行く信高を見送った後、家に入る際に玄関の脇で拾ったものだ。

「信高の姉ちゃんのだろ？」

汚れていないようだし、朝来たときにでも落としていったのだろう。

颯矢はそう思っていたのだが……。

「違う。姉貴のじゃない」

イヤリングを見た信高が、さあっと青くなる。

酷く嫌そうにイヤリングをつまみ上げ、しげしげと眺めてからテーブルの上に放り投げる。

「たぶん、前に見合いした相手の持ち物だ」

「ゲイなのに見合い？　それって相手に失礼だ」

「カミングアウトしてないとはいえ、さすがに俺だってその気もないのに女性と会ったりしないさ。だまし討ちで強制的に顔合わせさせられたんだ」

具合が悪くなったから迎えに来てくれと叔母《おば》からホテルのラウンジに呼び出され、行ったらその女性がいた。

けっこう美人だったものの、ゲイである信高にとっては美人も不美人も関係ない。

その場で即座に断ったら叔母の面目が立たないし相手も気を悪くするだろうと、とりあえず当たり障《さわ》りのない会話を交わしてその日は別れ、後日断りの連絡を入れたのだが、困ったことに女性のほうは信高を気に入ってしまっていた。

「その日から、ずっとつきまとわれた」

「って、ストーカー?」

「ああ」

何度断っても、彼女の耳に信高の言葉は届かない。

なぜか彼女の中では、ふたりは意気投合して、すでに婚約したことになってしまっていた。

仕事先にまで婚約者だと言って電話したり押しかけてきたり、信高の実家に、これからよろしくお願いしますとひとりで勝手に挨拶に行ったこともある。

信高の留守中に窓を割って家に侵入し、勝手に荷物を運び込むに至って、さすがにぬるい対応で誤魔化すことができなくなった。

「警察沙汰にした?」

「いや。向こうの親に泣きつかれたもんで、警察には行かなかった」

だが、さすがにそこまでいくと、周囲も彼女の異常さを放っておけなくなる。

彼女は強制的に実家に連れ戻され、親の監督のもと、現在に至るまで病院通いをしているはずだったのだが……。

「このイヤリング、ラッキーアイテムだとか言って、その彼女がずっと身につけてたものだ」

「それが玄関先に落ちてたってことは、戻ってきたってこと？」

「……だろうな」

「こわっ。ホラーじゃん」

ぶるっと颯矢は身震いした。

「明日にでも、なにか聞いてないかって叔母さんに連絡取ってみるよ。万が一、家の周りで変な女を見つけても話しかけたりすんなよ」

「さすがにそれはしないって。その手の人達って、なにしでかすかわからない怖さがあるし……。――たまにさぁ、うちの会社のイベントでもその手のトラブルあるんだよ」

「ああ、婚活イベントもやってるんだっけか」

「うん。一度注意しただけで収まるようならいいけど、そうじゃない場合もあってさ」

相手に嫌がられていることを理解できないまま、運営会社が自分達の仲を裂こうとしているとネットに書き込んだり、相手にしつこくつきまとったり。

「そういうのって、どう対処してるんだ？」

「最初のうちはスタッフが説得してるけど、それで駄目なときは弁護士資格を持っているうちの重役が出て行って、直接話をつけてきてるみたい」

「つくのか？」

「うん」

颯矢が頷くと、えらいやり手なんだなと信高が感心したように言う。

「あの手の輩《やから》はそう簡単に話が通じないもんだけど……。――颯矢も婚活イベント企画したりするのか？」

「あー、したことあるよ。……お客さんが集まらなかったけど」

「もしかして、ペナルティくらったとかいう企画？」

「うん、そう。その前に出した企画が駄目だったから、婚活イベントに絡めたらなんとかなるんじゃないかと思ってつけたしたんだけど、やっぱ駄目だった」

「具体的に、どんな内容だったんだ？」

「最初のは普通に下町探索。映画やドラマ化されたりした有名な小説に出てくる下町を実際に歩いてみようって企画」

小説は滅多に読まない颯矢だが、映画やドラマを見るのは大好きだ。その映像の中に、かつて訪ねたことのある町の景色が出てくると、なにか得した気分にもなったりする。

それでこの企画を思いついたのだ。

実際に撮影に使われたスポットを町ごとに案内しながら、それぞれの地域で評判の総菜屋や駄菓子屋を回り、ついでに近くにある神社にもお参りしようと……。

入社してからずっと先輩達のサポート役を務めてきて、やっと自分の企画を出してみろと言われたところだったから、かなり張り切っていたのだが、これが全然駄目だった。

「なにが駄目なのかもう一度ちゃんと考えてみろって言われたんで、イベントの目玉が足りなかったのかなと思って婚活イベントも加えてみたんだけどさ。やっぱり駄目」

企画を出してすぐ、こりゃ駄目だと十和田に言われたが、自信満々だった颯矢はそんなことないと言い張り、それなら現実を見ろと言われてお客さんを実際に募ってみたら、結果は惨敗だった。

「なにが悪かったのか自覚するまで、もう企画は通さないって言われてるんだけど」

今でもなにが悪いのかさっぱりわからないと颯矢は肩を竦めた。

「なにが悪いのか教えてくれって頼んでも、十和田さん教えてくれないんだよね。ちょっと考えればわかる話だって言ってさ。先輩達にも絶対に助言するなって箝口令《かんこうれい》がしかれちゃってるし……」

「ちょっと聞いていいか？」

「なに？」

「その企画、具体的にいくつの町を回る予定だったんだ？」

「四つだけど」

「多くないか？」

「そっかなぁ。どうせなら、たくさん回ったほうがお得感があるだろ？」

「いやいや、急ぎ足であちこちぐるぐる歩かされても疲れるだけだ」

「そっかなぁ」

いまいちピンとこない颯矢に、信高は苦笑しながら「ちょっと考えてみろ」と言う。

「一日で動物園を四つ回ったとして楽しいと思うか？」

「うん、楽しそう」

颯矢はさして考えもせず、条件反射的に頷いた。

「本当に？　時間が限られてるから、全部回るためには好きな動物の檻《おり》の前で立ち止まる暇もないぞ。ずっと同じペースで園内を順路通りに歩いて、それが終わったらすぐに車に乗って次の動物園に行くんだ。で、また同じペースで順路を歩くだけ。本当に楽しいと思うか？それよりは動物園をひとつに絞って、好きな動物の檻の前で好きなだけ立ち止まったり、飼育員が餌《えさ》やりするのを見物したり、ゆっくりショーを楽しんだほうがよくないか？」

「あー、それは、確かにそのほうが楽しいかも……」

「だろ？　その企画も同じなんじゃないか。訪れる町をひとつに絞って、ゆっくりしたほうが楽しいいんじゃないか？」

映画やドラマの撮影に使われた町を訪ねるのがポイントならば、その町を散歩した後、その作品を上映しながら昼食や休憩を取らせて、参加者同士の交流を図る余裕をつくるのもいいだろう。婚活を絡めるのなら、恋愛に特化した作品をチョイスして、重要なシーンを撮影した場所で軽くコスプレでもして記念撮影すれば盛り上がったりするのではないか？

などと、信高がその場で考えついたことをあれこれ話してくれる。

「そっか……。言われてみれば、確かにそうだ。――俺、詰め込みすぎてた」

颯矢は、信高の助言に目から鱗《うろこ》が落ちたような気分だ。

「この間遊園地行ったとき、俺も同じアトラクションに何度も乗ったりしたもんな」

「その逆で、時間の無駄だって言って見向きもしないアトラクションもあっただろう？」

「うん。あったあった。……だよなぁ。誰だって、好きなものだけ見てたいもんな」

ひとつの町だけでは時間が余るようだったら、テーマにする作品を同じ作者のものに絞って訪れる町を決めるのもいいかもしれない。

そうすれば、その作者のコアなファン達がグループ単位で集まってくれるかもしれないし、婚活イベントにした場合は、同じ作家を好きなもの同士だから話題にも事欠かない。

「ありがと、信高！　俺、さっそく休み明けに新しい企画書作ってみる！」

今度こそうまく行きそうな気がした颯矢は、すっかり浮かれて互いのグラスに氷とウイスキーを注ぎ足した。

「かんぱーい‼」

勢いよくグラスを合わせてから、ぐいっと一気に呷《あお》り、ぷはーっと勢いよく濃いアルコール臭が混じった熱い息を吐く。

「あ〜、なんかすっごくいい気分」

企画でヘマして以来、ずっと先輩達のアシスタント的な仕事しかできず退屈な思いをしていたが、今度こそなんとかなるかもしれない。

普通の人がちょっと考えればわかることに気づけなかった自分が情けないが、もう落ち込んでいる暇はない。ちょっと考えなしだったせいで無駄な時間を使ってしまったぶん、これから取り戻さなければ。

「信高のお蔭だよ〜。ほんっとありがとう！」

一気飲みした上にすっかり興奮したせいでさらに酔いの回った颯矢は、両手で信高の手を摑んで、ありがとうありがとうと、上下にぶんぶん振り回した。

「役に立てたんならよかった」

そんな颯矢を信高は愉快そうに微笑んで眺めている。

(この表情も好きだな)

くしゃっと笑う顔もいいけど、こんな風にこちらの反応を面白がって微笑む顔もいい。見つめる眼差《まなざ》しもなんだかとても優しい感じがする。

その微笑んだ口元が妙に魅力的に見えてきて、颯矢はずいっと自分から顔を近づけていく。

「お？　どうした？」

「お礼に、ちゅーしてやるよ」

この唐突な急接近に、嬉しそうな顔をしている信高にそう言って、そのままただ、むにゅっと唇を押しつける。

「どうだ？　嬉しい？」

「ああ、嬉しいねぇ。でも、どうせなら、もっとちゃんとしたキスのほうがよかったな」

「そう？　じゃ、もう一回」

また顔を近づけていった颯矢が、ちゅっと軽く音を立ててキスをして離れようとしたら、頭と背中を両腕でがっしり固定されて引き寄せられた。

深く唇を合わせ、強引に舌が侵入してくる。

「んっ……んん」

調子に乗るなと押し戻そうとしたが、もともとの体格差と酔っているせいもあってビクともしない。

そうこうしているうちに、口腔《こうこう》内を探られ強く舌を搦《から》め捕られ、キスは執拗《しつよう》に深くなっていく。

はっきり言って、これが本当に気持ちよかった。

酔っているせいもあって、一度そう感じたらもう駄目だった。

最後までしていないとはいえ、一度ベッドを共にしているわけだし、キスするぐらいなら平気だろうと抵抗する気力が萎《な》えてしまう。

(……うまいなぁ)

完全に受け身側に回ってキスされながら、颯矢は信高の舌使いに酔う。

肩を押し戻そうとしていた手を背中に回して抱きつくと、触れ合ったままの唇が微かに笑みを刻んで、ぐいっとソファに押し倒されてしまう。

「ちょっ、さすがにこの体勢はヤバイって……」

これ以上する気はないぞと言おうとしたのに、ゆっくりと近づいてくる信高の真剣な表情になぜか狼狽《うろた》えてしまって、言葉が続かなかった。

微かな緊張感と早まる鼓動。

じっと颯矢の目を見つめたまま、近づいてくる信高の顔から視線が離れない。

押し戻そうとして伸ばしていた手が近づいてくる信高の肩に触れると、どうしたわけか、そのまますると背中に回って自分から抱き寄せてしまっている。

(いや、でも……だって……)

困ったことに、のしかかってくる身体の重みが心地いい。

このままじゃまずいとわかっているのに、勝手に身体が動く。

崎谷はるひ
[あでやかな愁情]
ill.蓮川 愛●700円(本体価格667円)
愁堂れな
[恋するタイムトラベラー]
ill.花小蒔朔衣●580円(本体価格552円)
秋山みち花
[侯爵様の花嫁教育]
ill.サマミヤアカザ
●600円(本体価格571円)
小川いら
[僕らの愛のカタチ]
ill.山本小鉄子●600円(本体価格571円)
黒崎あつし
[奥さんにならなきゃ]
ill.高星麻子●600円(本体価格571円)
玄上八絹
[虹の球根]
ill.三池ろむこ●600円(本体価格571円)
2013年
11月刊
毎月15日発売
幻冬舎 ルチル文庫
2013年12月17日発売予定 予価各580円(本体予価各552円)
椎崎 夕[近すぎて遠い](仮) ill.花小蒔朔衣
和泉 桂[魔法のキスより甘く] ill.コウキ。
凪良ゆう[雨降りvega] ill.麻々原絵里依
真崎ひかる[魔法のリミット] ill.相葉キョウコ
鳥谷しず[間違いだらけの恋だとしても] ill.鈴倉 温
雪代鞠絵[月夜の王子に囚われて] ill.緒田涼歌《文庫化》
崎谷はるひ[その指さえも] ill.ヤマダサクラコ《新装版》

巻頭カラー
新シリーズスタート!!
如月弘鷹
センターカラー
奥田七緒
三崎 汐 新連載
★最終回
雪代鞠絵+
高久尚子
松本ミーコハウス
秋葉東子
平喜多ゆや
四宮しの／未槻 直
★大好評連載陣
山本小鉄子
田倉トヲル
ミズノ内木
ARUKU
田中鈴木
九 號／木 々
吹山りこ
テクノサマタ
花田祐実
南野ましろ
崎谷はるひ+
鰍ヨウ
和泉 桂+
金田正太郎
★シリーズ読みきり
雁須磨子
嘉島ちあき
★読みきり
コウキ。
内田つち
◎表紙:テクノサマタ
◎ピンナップ:星野リリィ
ルチル
予価680円
(本体予価648円)
vol.57
11月22日(金)発売予定!!
キュート&スウィートなボーイズコミック♥
(応募者負担あり)
W全サ
表紙イラスト図書カード応募者全員サービス
ルチル隔月刊化7周年記念応募者全員サービス
◆奇数月22日発売◆隔月刊
最新情報はこちら▼
[ルチルポータルサイト]
http://rutile-official.jp

絡んだ視線を外せないまま、ついつい自然に唇を開いてキスを受け入れてしまう。

「ふっ……んん……」

気がつくと、無我夢中でキスに応じていた。

何度も角度を変え、深いキスを交わしあう。

肩や背中に回した手に触れるのは、まろやかな女性の身体とは違う、がっしりした男の身体だ。

それなのに、どうやら自分はその身体に触れることで興奮しているようだ。

(――ん?)

巧みなキスにビクッと身じろぎした際、ふと足に当たるものを感じた。

好奇心に唆されるまま、ためらいもなくそれに手を伸ばした颯矢は、服の上からそれを摑んでみる。

「こら、迂闊に刺激するな」

軽く狼狽えた声で信高に怒られたが、颯矢は気にせず聞いた。

「……これ、俺でこんなんなってんだよな」

「当たり前だろ」

「そっか……。じゃあ、責任取る」

「いいのか?」

「うん」

すんなり頷いてしまったことに、自分でもびっくりだ。

(……なにやってんだろ、俺)

キスで興奮してしまったせいだろうか？

ためらう気持ちより好奇心が勝り、考えるより先に手が動く。

ごそごそと手探りで前を開けた颯矢は、直接片手でそれに触れる。

(俺のよりちょいでかいかも……)

前回触れたときは今よりもっと泥酔していたから、そこまで気が回らなかった。

ちょっとむっとしつつ、それ以上に手の平で感じるその脈動に興奮した。

「なあ、おまえのにも触っていいか？」

いつの間にか興奮して半勃《だ》ちになっていた颯矢のそれに、信高の手が服の上からやんわりと触れてくる。

「……あ」

ただそれだけのことでぞくぞくっと、颯矢の背筋に震えが走る。

一気に甘い痺《しび》れと熱がそこに集中しはじめて、嫌と言える状態じゃなくなってしまった。

「ん、いいよ。……早く」

急かすまでもなく、信高の手がそれに伸びた。

「あっ……は……」

直接触れられると、さっきのとは比べものにならない震えが背筋をぞくぞくっと走る。

(俺……なにやってんだろ)

狭いソファの上で互いに身を寄せ合い、窮屈な体勢でごそごそとお互いのものを扱きあう。

馴《な》れた自分の手とは違って、どう動くかわからない人の手の感触に奇妙に興奮する。

直接手の平で感じる信高の熱や脈動、先走りのぬめりにさえ高揚した。

楽しもうなんて考える余裕もないぐらいに、颯矢は夢中になっていた。

無言のまま荒い呼吸を繰り返す颯矢の耳元に、同じく信高の熱い息がかかる。

(信高も同じぐらい興奮してる)

「……信高、も……でる。——あっ!」

そう実感した途端、ぞくぞくっと腰のあたりが甘く痺れて颯矢は一気に登り詰めた。

ビクビクッと身体を震わせて、颯矢は熱を放った。

達った衝撃で動きを止めた手の中で、数瞬遅れて信高も放つ。

(……すげ)

手の平で感じた信高のその瞬間に興奮している自分を自覚して、颯矢は小さく笑った。

キスで高めあった後だとはいえ、ただただそこだけを扱きあって達かせあってしまった。

お互いになんて余裕がないんだろうと、おかしくてしょうがない。

荒い息を吐きながら、くっくと笑っていると、同じくまだ呼気が乱れたままの信高が上半身を起こして、怪訝そうに顔を覗き込んできた。

「なに笑ってるんだ?」

「俺達、えらい有り様だと思って……」

互いの放ったもので手だけじゃなく、服やソファまで汚してしまっている。

それを指摘すると、信高も照れ臭そうに笑う。

「とりあえず、ソファ拭く?」

ティッシュでぬぐっただけじゃ駄目だろうなと、起き上がってキッチンのほうに視線を巡らせていると、「もうお終《しま》いか?」と信高から拗《す》ねたように言われた。

「俺はまだしたい。——おまえは?」

まっすぐ聞かれて、「……俺も」とついつい本音が零《こぼ》れ出てしまう。

「でも、尻《ケツ》を使うのは嫌だぞ」

「わかってる。そこまでは要求しないから、もっと触らせてくれ」

そういうことならと、興奮冷めやらぬ颯矢はすんなり頷いた。

「俺って、やっぱりゲイなのかな」

俺の部屋に行こうと言われ、信高の後について階段を上りながら颯矢は呟いた。

「なんだ急に」

「いや、だってさ。さっきもなんかすっごい興奮したし……」

これが大好きな十和田が相手だったのなら、この人だけが特別なのかもしれないと思えるが、いかんせん相手は信高だ。

信高のこともそれなりに好きだけど、好きは好きでも恋愛の好きじゃない。

はずなのだが……。

「一度だけなら好奇心ってこともあるけど、二度目ともなると、やっぱりゲイなのかなって」

「違うんじゃないか？　女とも違和感なくやれるんならバイなんだろう」

「バイか……」

バイセクシュアル、男女両方に魅力を感じるもの。

（俺って、博愛精神旺盛？）

節操なしという方向に考えないのは、颯矢が楽天家なればこそ。

この数日、家中を掃除してはいたが、さすがに個人のプライベートは尊重すべきだと思ったので、信高の部屋だけは手つかずのまま。

だから、信高の部屋に入るのは、あの夜以来はじめてってことになる。

「どうぞ」

「おっじゃましまーす」

信高の後に続いて、なんとなく挨拶しつつ部屋の中に入る。

「ああ、そっか……。こうなってたんだ」

あの夜は酔っていたし、翌朝は混乱していてよく見ていなかったが、信高の部屋はこの家の中で簡易スタジオとリビングに次いで広かった。

部屋はカーテンのような布でふたつに仕切られ、大きいほうのスペースが私室っぽい雰囲気で整えられ、残りのスペースが寝室になっているようだ。

「ふうん、なんかかっこいいな」

私室のスペースのほうは、作業台を兼ねているのか大きなライトテーブルが中央に置かれて、種類の違うデザイナーズチェアがオブジェのように部屋のあちこちに置かれている。

棚などの家具はスクエアでシンプルなデザインで統一され、壁にはモノクロの風景写真のパネルがたくさん飾られている。

「この写真、信高が撮ったやつ？」

「ああ。もともとはカラーなんだが、色つきだとどうも部屋がガチャガチャして見えるから、モノクロに統一してあるんだ」

「今度、元の色つきの写真も見せて」

颯矢は壁に歩み寄り、写真を眺めた。

渓流や高原、桜や雪景色、モノクロでも充分に雰囲気があって綺麗な写真だが、やっぱり色つきのものを見てみたい。

「あれ？　人物写真もあるじゃん」

壁伝いに写真を眺めていた颯矢は、部屋の隅にある棚の上に、普通のプリントサイズより、一回り大きめの写真が何枚か重ねて置かれているのを見つけた。

「あっ、ちょっと待て！」

近寄って見ようとしたら、颯矢が手にとって見るより先に、信高が慌てて写真を取り上げようとする。

だが、そんなことをされて颯矢がじっとしてられるわけがない。

すかさず先に手を伸ばし、さっと奪い取って、取り上げようとする信高に背を向けてガードしつつ急いで写真に目を通した。

一番上にある写真は、無心に眠る青年の横顔で……。

「……ん？　あれ？　もしかして、これ、俺？」

自分の寝顔なんて見たことがなかったせいか、最初それが誰なのかわからなかった。

が、特徴のある癖毛のお蔭でその事実にはたと気づく。

「え？　でも、いつ撮ったんだ？」

重ねてある写真を次々に捲《めく》って見ていくと、うまい具合にヘアや局部は隠されてはいたが、裸で眠っている全身の写真もある。

「……あの夜か」

泥酔し、ノリノリで信高と遊んだ後に爆睡してしまったところを撮られてしまっていたらしい。

俯せだったり仰向《あおむ》けだったりとポーズが色々変わっているところからして、たぶん信高があれこれと手を加えたに違いない。

「俺って、こんな顔で寝てるんだ」

伏せられた長い睫毛《まつげ》に形のいい鼻、心地いい寝息が零れていそうなうっすら開いた唇。我ながら実に綺麗な寝顔のアップを見て、颯矢は思わず感心してしまう。

「イケメンじゃん」

「いや、それは大口開けてたのをなんとか閉じさせて、また、ぱかっと開く前に急いで撮ったやつだ」

よだれも拭き取ったという信高に、颯矢はつい笑ってしまった。

「そこまでして写真撮りたかったわけ？」

「そりゃあ、まあ……。無断で撮るのは悪いとは思ったが、次におまえとこんな時間を持てる保障はどこにもなかったし……。おまえの寝顔を見てたら、写真を撮りたくてたまらなくなったんだ。――写真を撮りたいって思えたのは、本当に久しぶりでさ。このチャンスを逃したら、もう二度とそんな風に思えなくなるような気がして我慢できなかった」

勝手にこんな写真を撮って悪かったと、信高が頭を下げる。

(ああ、そっか。これがそうか)

——おまえのお蔭で写真を撮りたいって気持ちを、もう一度思い出すことができた。

ふと、さっきの会話を思い出して颯矢はひとり納得した。

自分の寝顔に、人の人生を大きく動かすほどの影響力があるとは思えない。

たぶん、信高の気持ちがいい方向に変化する、そのちょうどいいタイミングで自分と出会っただけなんだろう。

それでも、信高の人生がいいほうへとシフトチェンジするきっかけになれたのは、素直に嬉しいことだと思える。

「別にいいよ。ヌードでも肝心のところはうまい具合に隠してくれてるし……」

「そう言ってくれると助かる」

綺麗に撮れてるから、これなら人に見られても平気だとさえ思う。

ただしその場合、こんな写真を撮るなんてこいつはナルシストかという疑惑をかけられることになるかもしれないが……。

(ホント、綺麗に撮れてるな)

今まで数え切れないほど写真に撮られてきたけれど、こんなに綺麗なのははじめてだ。

全身が写った写真でさえ、やっぱり同じように感じる。

（俺って、自分で思ってたよりスタイルいいんだな。けっこう足長いし……。信高の目には、俺がこんな風に見えてるのか）

これが会社の飲み会で酔いつぶれたところを先輩達に撮られたりしたら、間違いなく笑える写真になっているに違いない。

でも、ゲイである信高の目には、眠っている颯矢の寝姿が魅力的に見えたのだろう。だから、こんな風に綺麗な写真を撮ることができる。

（プロだってこともあるんだろうけど……）

だが、技術だけの問題じゃない。

信高目線のこの写真からは、被写体に対する愛や賛美も確かに感じる。

颯矢は単純にできているから、本能的な感覚には優れているのだ。

（――愛……か……）

そのとき、写真を眺めていた颯矢の目から、不意に、ぼろっと涙が零れた。

「うわっ、なんだこれ」

大粒の雨のような涙が、手元の写真にぼたぼた落ちる。

それを見て、一緒に写真を眺めていた信高がギョッとした。

「やっぱり、こんな写真撮られるのは嫌だったか？」

「そうじゃなくて……。写真見てたら、つい思い出しちゃってさ」

「思い出すって、なにを？」

「この間の火事で、死んだ親父の写真が全部燃えたことを……」

正確には三人家族だったときの写真で、母が再婚するときに、おまえにすべて預けておくからと渡してくれたものだった。

義父も同じように、早世したかつての妻の写真を娘に預けたと聞いているから、たぶんふたりの間でなにか話し合いがあったのだろう。

お気に入りのコートや鞄ならば、いくらでも買い換えがきくが、これればかりはもう取り返しがつかない。

「ネガかデータは？」

「それも一緒に燃えた」

「そっか……。それは残念だったな」

「うん」

すべて燃えてしまった以上、嘆《なげ》いたところで時間の無駄だ。

だから颯矢は、あの夜、これはもう仕方のないことだと諦めた。

諦めると決めたのに……。

（ちくしょう）

捨て去ったつもりの喪失感が胸に蘇《よみがえ》ってきて暴れている。

チクチクと心を攻撃されて、その痛みに涙が止まらない。

「いつ亡くなったんだ?」

手の甲でぐいっと涙をぬぐう颯矢に、椅子を勧めながら信高が聞いた。

ストンと椅子に座って、颯矢は答える。

「俺が小学五年のとき。入院したと思ったら、あっという間に死んじまった。……胃ガンだったんだ」

まだ子供だった颯矢を気遣って周囲の大人達が必死で病名を隠そうとしていたのに、父は『父さん、胃ガンでもう長くないみたいなんだ』と、自分からその事実を颯矢に告げた。

『あれこれ気に病む質だから胃に来たのかもなぁ。……おまえ達と、もっと一緒にいたかったんだけどな』

残念だ、と半ば呆然とした様子で呟いた後、颯矢にしっかりと視線を合わせた。

『おまえは、俺みたいには……ならないか。くよくよ考え込まない明るい性格だもんな。頼むから、そのまま大人になってくれよ』

母さんのことも頼むなと、父は、あまりのことに言葉も出ない颯矢の手を握って言った。

颯矢は無言のまま、こくこくと何度も頷き、そして父の願いを叶《かな》えようと心に決めた。

父のようにならないよう、それまで以上に深くものを考え込まなくなり、父の死を嘆く母を笑わせるためにそれまで以上に明るく振る舞った。

そして、ちょっと考えなしで脳天気な今の自分になったのだ。

（親父が死んだ直後でさえ、こんなに泣かなかったのに……）

写真を失ったことで、今度こそ本当に父を喪失してしまったような気がしているのだろうか？

「二十歳《はたち》すぎて、こんなに泣くなんて恥ずかしい」

「そんなことはないさ。感情に素直なのは、おまえのいいところだ。――泣く姿を見るのは、ちょっと心が痛むがな」

颯矢は少し切なそうな顔で微笑む。

「そっか……。ごめん」

「おまえが謝るようなことじゃないだろう」

「それもそっか」

「親父さん、どんな顔してたんだ？　おまえに似てたか？」

「いや、全然。俺は母方に似てるから……。――親父は、知的な感じの男前だったよ。彫りがすっげー深くて、目なんかこう、べこっと窪《くぼ》んでる感じで、顔のパーツがはっきりくっきりしてて……」

生前の父の姿を脳裏に描いてみた颯矢は、ふと気づく。

「ああ、そっか……。十和田さんにちょっと似てたんだ」

「おまえ、ファザコンだったのか」

「……かも」

面接の席上で一目見たときから、あの独特の風貌が記憶に焼きついていた。

ちょっと見ない雰囲気の男前だからだと思っていたけれど、父の面影《おもかげ》を無意識のうちに重ねていたせいだったんだろうか？

少し毒舌《どくぜつ》で頼りがいのある上司。

邪険にされても気にせず懐き、眺めているだけでも幸せな気分になれた。

もしもそれが、父の面影を求めてのことだったとしたら……？

（この気持ちって、ホントに恋なのか？）

ちょっと考えなしなのでつきつめて考えてみたことがなかったが、なんだか急に不安になってきた。

毎日一緒に働けるだけで幸せで、セクシャルな欲求を十和田相手に一切感じたことがない。

十和田に恋人ができたときはショックだったけど、だからと言って、諦めようとか奪い取ろうとか思わなかった。

あれれ？　と珍しく考え込んでしまった颯矢を見て、信高は落ち込んでいると勘違いしたらしい。

「焼けたのは写真だけで、想い出まで焼けたわけじゃない。親父さんの顔は、ちゃんと記憶の中に残ってるんだろう？」

そんなに気に病むなと心配そうに言われて、そうだなと颯矢は素直に頷いた。

「でも、あの夜の信高は、記憶に残すだけじゃ気が済まなかったんだ？」

ちょっと悪戯気分で突っ込むと、颯矢の顔を覗き込むように目の前に片膝をついていた信高がぐっと言葉に詰まる。

「どうしても我慢できなくなったのは職業柄かな。……その写真、おまえが嫌だって言うんならもったいないが処分する。許可なしで撮った俺が全面的に悪いからな」

「そんなことしなくていい。驚いたけど、嫌な感じはしないし……」

というか、むしろ信高の目に映る自分の姿に軽く感動すらしている。

「他の人には見せないって約束してくれるんなら、信高が持っててていいよ」

「そんなの当然だ。誰にも見せるもんか。もったいない」

（ふうん、もったいないって思うんだ）

カメラマンとして撮ったのならば、気に入った作品は人に見せたくなるものなんじゃないだろうか？

誰にも見せたくないのは、この写真が信高にとって完全にプライベートなものだからか？

（この写真からは、愛を感じる）

カメラマンとして撮ったのでなければ、この愛は間違いなく恋愛に関するもの。

（……ホントに本気なんだ）

本気だと言われていたが、この写真から実感としてそれを感じる。

なんでか、ちょっと嬉しくなった。

「なに笑ってるんだ？」

「本気で好かれるのって嬉しいもんなんだなって思って」

「そうか？　なら、もっと喜ばせてやろうか？」

身体を使ってと、そっと颯矢の手に手を重ねて、誘惑するようにその手の甲を指先でくすぐる。

そのくすぐったい刺激に、颯矢もちょっとむらっときた。

（我ながら、節操なさすぎ）

ついさっきまでしんみりしていたのに、なんでこうあっさりその気になってしまうんだろう。

まるで盛りがついた動物みたいだと思いながら、颯矢は返事の代わりに、手を動かしてしつこくくすぐる信高の指を握りかえした。

何度もゆっくりキスをして、気分が盛り上がってきたところで、ふたりしてベッドのほうへと移動した。

競うようにして互いの服を脱がせあい、もつれあうようにベッドに倒れ込んで、またキス。深まっていくキスに煽《あお》られるまま、颯矢はごく自然に信高の身体に腕を回して、がっしり抱き寄せる。

（なんでこんな、気持ちいいんだろう）

自分より重く、筋肉質な身体。

手の平に触れるのは、柔らかさのないしなやかな肉体だ。

それなのに興奮する。

（……それだから、興奮するのかな？）

ちょっとだけそんなことを考えたが、すぐに面倒になって思考を放棄した。

理由なんてどうでもいい。

今はこの時間を楽しむことが優先だ。

長く執拗なキスで濡れた颯矢の唇を舌で舐《な》め取ってから、信高は頬から耳元へキスを繋《つな》げていく。

「ちょっ……それくすぐったい」

キスと同時に耳元に呼気を感じて、その僅《わず》かな刺激に颯矢はケラケラ笑う。

と同時に、手の平で胸を軽く揉《も》まれて、また笑う。

「揉んでも大きくなんないよ」

「そうでもないぞ。ほら、ここは大きくなった」

「ひゃっ」

手の平で刺激されてぷくっと膨らんだ乳首を指先で弾かれ、思わず変な声が出た。

「それもくすぐったいって」

「くすぐったいだけか？　こうすると気持ちいいんじゃないか」

指でつまれ、こりこりとこねくり回される。

「……いてッ」

颯矢は強すぎる刺激に痛みを感じて眉をひそめた。

「もっと、そうっとしろよ」

思わず文句を言うと、悪いと信高が苦笑して謝る。

「これならどうだ？」

信高は乳首にちゅっとキスすると、ぱくっと咥《くわ》えてそっと舐める。

ちろちろと舌先でくすぐられ、颯矢はそのむず痒《がゆ》い刺激にビクッと身体を震わせる。

「いいみたいだな」

「よくない。なんか焦《じ》れったくてむずむずする」

「そういう焦れったいのをじわじわ積み重ねてくのが、たまんないいんじゃないか」

「そんな…もんかな」

「そんなもんだよ。――おまえ、今までどんな風に女を抱いてきたんだ？」

「どんなって……別に普通だけど……。――ああ、そっか。いま俺、女役なんだ」

女と寝るときは、すんなり挿入できるよう濡れるまで前戯をした。

男同士の場合でも、その手の役割分担があるものなんだろう。

「女役は嫌か？」

「尻にさえ挿れなきゃ、楽そうだから別にいいけど……。でも、されっぱなしは不公平な感じがする」

後で俺も信高に乳首攻めしてやるよと言うと、やっぱり面白いよと信高に大うけされてしまった。

「ま、とりあえず。男を喜ばせることに関しては、俺のほうが先輩だからな。とりあえず、最初は大人しくしててくれよ」

「ゲイ歴どんぐらい？」

「十五でデビューしたから、かれこれ十三年ってところか」

「それなら安心。任せた」

颯矢は身体の力を抜いて目を閉じた。

「あっ……そこも……いい……」

乳首にへそ、太股《ふともも》の内側に膝、そして手足の指の股《また》。

耳の中や瞼《まぶた》越しに眼球を舐められるのもたまらない。

信高は次々に颯矢のいいところを見つけ出して、じっくり時間をかけて攻めてくる。

最初のうちこそ快感よりくすぐったさが勝り身をよじって笑っていたが、僅かな刺激をじわじわと重ねていくうちに、肌に信高の僅かな呼気を感じるだけでもビクッと感じるようになってしまった。

「俺、こんなんはじめて……」

ただ寝転がっているだけなのに、呼吸が乱れ、肌には汗が滲《にじ》む。

そこをダイレクトに刺激するのとは違って、じわじわと迫り上がっていく快感に指先まで甘く痺れていた。

「こうやって可愛がられるのも悪くないもんだろ？」

俯せになった颯矢の尻を手の平で撫で、唇で背中を刺激しながら信高が得意げに言う。

「ん、すげーいい」

素直に頷くと、ご褒美とばかりに迫り上がってきて頬にキスをくれた。

「……んっ……」

頬へのキスでは物足りなかった颯矢は、自ら首を捻って信高の唇にキスをする。

「もっと……」

そのままごく自然に仰向けになって、信高の重みを感じながらさらに深いキスを求めた。

（も、どーしよ）

気持ちよくてたまらない。

じっとしてられなくなって、信高の背に回していた手をそっと降ろして、甘い刺激にじわじわと雫《しずく》を零し続けている自らのそれに触れる。

だが、扱こうとしたところで邪魔が入った。

「っと、油断も隙もない」

信高の手が、颯矢の手首を摑んで止める。

「こういうのは我慢して、焦らせば焦らすほど気持ちよくなるんだって教えただろ？」

信高はさっきからずっとそう言って、颯矢がそれに触れようとするのを許してくれない。

さっきリビングで一回達ってしまった後で少し余裕があったから、焦らされるのにもなんとか耐えられていたが、もうこれ以上は限界だった。

「のぶたかぁ、俺、も〜いきたい〜」

「その顔いいな。すげえ可愛い」

半泣き状態で訴えると、信高はちょっと嬉しそうな顔を見せた。

「しょうがないな。いい顔見せてもらえたお礼に達かせてやるよ」

手首の戒《いまし》めが解かれる。

颯矢は嬉々《きき》として自らのそれに両手で触れたが、身体を起こした信高にまたしても止められた。

「も～なんでだよ」

「達かせてやるって言っただろ？　今日は全部俺に任せておけよ」

むっとしてふて腐れる颯矢の唇に軽いキスを落とした後、信高は身体をずらして颯矢のそれに顔を埋《うず》めた。

「うわわっ！　え、ちょっ……信高！」

びっくりした颯矢が、信高の長い髪をぐいっと引っ張ると、痛そうに眉をしかめながら顔を上げた。

「禿《は》げたらどうする」

「信高なら禿げてもかっこいいよ。――ってか、そうじゃなくて、なにすんだよ」

「なにって、咥えて達《い》かせてやるつもりだけど？」

「マジで？　俺、それ、はじめて」

「女はしてくれなかったか？」

「うん」

してもいいよと言ってくれる子もいたが、なんとなく悪いことをさせているような気分になってしまって、寸前で止めてしまった。

それを信高に言うと、「俺のことは止めなくてもいいからな」と言われた。

「ホントに？」

「ああ。これを咥えるのは楽しみのうちだ」

「そういうもんなんだ」

（そっか。男の身体に欲情するんだもんな）

ならいいのかなと思ったが、ふと違うことが気になった。

「でも俺、今日はまだシャワーも浴びてないけど……」

「今さらなに言ってんだ。こっちは足の指まで舐めてるんだぞ。そんなことどうでもいいよ」

これ以上焦らすなと、少し怒った口調で言うと、信高は再び颯矢の股間に顔を埋める。

「わっ……あ……」

ぬるっと熱い口腔内に咥えられ、唇で強く扱かれて、ぞくぞくっと背筋に甘い痺れが走る。

「それ、やばい……やばいって……」

すぐにも達きそうなところで唇が離れて、今度は焦らすように丹念にそれを舐められた。

「あっ……あ……いい……信高……いいよ」

同じ造りの身体を持っていて経験も豊富なだけに、信高の奉仕は素晴らしく気持ちよかった。

今すぐにでも達きたいところだけれど、我慢したほうが気持ちいいと教えられたこともあ

って、寸前のところで耐えた。

（すげ……なに、これ）

腰のあたりに熱が溜まり、今すぐに放たれたいと願っている。

じっと我慢していると、じわあっと甘い痺れが波のように全身に広がっていって、颯矢をとろけさせる。

「あっ……んあ……あっ……いいっ」

熱い血が全身を巡り、汗が滴《したた》り落ちる。

女を抱くときのように身体を動かしているわけじゃないのに、脈打つ鼓動や乱れる呼吸は今までになく早く荒い。

「あっ、やあ……も、むり……信高、も……いきたい～」

颯矢は信高の頭に手を伸ばして、その髪に指を差し入れて訴えた。

「よし、いいぞ」

颯矢の訴えを聞いて、信高がそれを咥えて再び強く唇で扱き上げて刺激する。

「んあ……あっ……いくっ」

二度、三度と繰り返し扱かれ、最後に強くそれを吸われ軽く歯を当てられて、颯矢はそれを解放した。

「んっ……――んーっ！」

ビクッビクッと勝手に太股がひきつり、我知らず爪先に力が入る。

それは、今まで感じたことのない絶頂感だった。

「あっ……は……」

胸を大きく脈打たせ、はじめての深い快感に、颯矢は朦朧《もうろう》として解放の喜びに浸る。

迫り上がってきた信高は、そんな颯矢の表情を愛《いと》しげに眺めて、満足そうに微笑んだ。

「気持ちよかったか？」

聞くまでもないだろう問いに、颯矢が素直に頷くと、ゆっくりと顔を近づけてくる。

颯矢は朦朧としたまま唇を開き、怠《だる》い腕を伸ばして信高を抱き寄せた。

（……きもちいい）

愛おしげに見つめてくる視線も、甘く絡んでくる舌も、身体にかかる重みも、なにもかもがたまらなく心地いい。

颯矢は、その心地よさに酔いしれながらとろんと瞼を閉じた。

☆

翌朝は信高がかけて置いてくれたらしい目覚まし時計の音で目覚めた。

隣りに信高の姿はすでにない。

「あ～、喉かわいた」

会社に行く前にシャワー浴びないとなと思いつつ、一階に降りてまっすぐキッチンへ。

信高は朝食の支度中だった。

（これって、俺のためなんだもんな）

信高は勤め人じゃないし、今のところ仕事のスケジュールも入っていない。

朝早く起きて朝食を作るのは、颯矢の出勤時間に間に合わせるためだ。

ありがたいと素直に感謝しながら、ぼんやりキッチンの入り口に突っ立っていると、信高が気づいて挨拶してくる。

「起きたか。おはよう」

「はよー。これ貰う」

カウンターの上に信高の飲みかけらしいペットボトルの水があったので、颯矢は頓着せずそのまま口をつけてごくごく飲んだ。

「もうちょいかかるから、先にシャワー浴びとけ」

「うん。そうさせてもらう。――なあ、昨夜ってさ。俺、自分だけ達って寝ちゃったよな？」

「そうだな」

「信高はどうしたんだ？」

「俺か？　俺はおまえの寝姿で自分で抜かせてもらった」

「やっぱそうか。ごめんな。——この埋《う》め合わせはまた今度な。次は俺が咥えてやるからさ」

「埋め合わせって……。いいのか？」

「うん。不公平なのはよくないし」

ふああっと緊張感なく大きくあくびする颯矢を見て、信高がくしゃっと笑う。

「やっぱおまえ、面白いよ」

「だろ？　そこは自信あるんだ」

威張って答えると、信高は声をあげて楽しげに笑った。

4

「おまえ、どっか悪いんじゃないか？」

三日がかりで仕上げて提出した企画書を読んだ十和田《とわだ》の第一声がこれだ。

「いいえ、健康体でーす」

「本当に？　一週間ぐらい腹具合が悪いとか、頭痛が続いてるとか、どっか身体《からだ》が不調を訴えてないか？」

「ないですって。――その反応からして、企画、ＯＫですか？」

「ああ、これなら問題ないだろう。コアなファンがこの企画を見つけてくれるよう、最初のうちはネットかなにかで誘導する必要はあるだろうが、軌道に乗ればテーマを変えて続けていけるいい企画だ」

「やったー‼」

思わずその場でバンザイすると、少し離れたデスクに座っている脳天気な馬鹿《ばか》仲間の先輩達も、やったーやったーと呼応するように次々とバンザイする。

「うるせぇよ！　つられるな馬鹿共！　――ってても、これ、婚活のほうは、おまえじゃなく誰《だれ》か他の、もうちょっとマシな馬鹿にやらせるからな」

「え、なんでですか？」

「おまえみたいにデリカシーのない馬鹿に、デリケートな婚活の場を仕切れるのか？」

「うぅ」

言われてみればその通りなので、口答えすらできない。

「サポートとしてなら参加させてやるから安心しろ」

よく頑張ったなと、出した企画書で十和田からバサッと頭を軽く叩《たた》かれる。

よしよしと頭を撫《な》でられるのと同じぐらいに嬉《うれ》しかった。


やったーおめでとーありがとーと先輩達とひとしきり大騒ぎして、お約束通りに、うるせぇ馬鹿共！と十和田から楽しく叱《しか》られた後、颯矢《そうや》は信高《のぶたか》に報告すべく、携帯を手にこそこそと会社が入ったオフィスビルの一階ホールへと向かった。

（夜までなんて待ってられないし）

社内が仕切りのない環境なのは明るくてオープンでいいのだけれど、こっそり私用の電話をしたいときはちょっと困る。

首尾よく信高に繋《つな》がり、企画が通ったことを報告すると我がことのように喜んでくれて、今晩はお祝いに美味《うま》い肉とワインを奮発してくれると言う。

颯矢は大喜びして通話を終えた。

(信高に、なにかお礼がしたいな)

あの助言がなければ、まだまだ先輩のサポートしかできないつまらない状態が続いていただろう。それを思うと、どれだけ感謝しても足りないぐらいだ。

(なににしようか?)

信高に直接聞くのが一番手っ取り早いが、それをすると間違いなく、いちゃいちゃしようと言われそうなので聞くに聞けない。

(いちゃいちゃするのって、もうお礼にならないしな)

二度目にベッドを共にした翌日、颯矢は宣言通りに信高のを口でしてやった。

もちろん、それだけで済むわけもなく、ふたりしてのりのりで何度も互いを高めあい、解放しあった。

そうなるともうまったく歯止めが効かなくなってしまって、その次の日からは当然のように信高のベッドで一緒に寝るようになってしまっている。

とりあえず最後まではしていないが、いわゆる素股で颯矢が女役になって信高を喜ばせてやるところまでいっている。

最後まで至るのももう時間の問題といったところなのだが、さすがの颯矢も、好奇心や遊び感覚で最後の一線を超えることはできなかった。

（なんか、尻《しり》使うのって痛そうだし……）

そこまで思い切ったことをするからには、やはりそれなりに確信が欲しい。

（好きなことは好きなんだけどな）

はじめて出会った日、痛い思いさせて悪かったなと明るい口調で言われたときから、つき合いやすそうな奴《やつ》だとは感じていた。

偶然再会して意気投合したときは、ノリも合うし友達としてなら最高の相手だと思った。

でも、あくまでもそこ止まりで、好きだというこの気持ちが恋愛の好きにまで発展しているという確信がない。

というか、十和田を好きだと思うこの気持ちが、恋愛絡みの好きなのかどうかすら怪しくなってきている状況なので、恋愛絡みの好きという感情がどんなものなのか、もうわけがわからなくなっているのだ。

（十和田さんとなら軽いチューぐらいはできるけど、その先はちょっと無理かもなぁ）

信高としているような深いキスを十和田とすることを想像しようとしても、ただでさえ乏しい思考能力がそこでぴたっと停止する。

裸でベッドで抱き合うなんて、想像しようとすることさえ無理だった。

そうなると、十和田に対する好きは、恋愛絡みではないということになるのかもしれない。

（ん〜、よくわからん）

面倒なことは深く考えない質《たち》なので、颯矢はこの段階でこの問題に関しての思考を諦めていた。

別に無理しなくても、いずれ自然にぽんと答えが自分の中に落ちて来そうな気がする。

そんな颯矢の中途半端な状態に気づいているのかいないのか、信高は無理強《むりじ》いすることなく、颯矢が安心していられるぬるい関係を維持してくれている。

それでも、一緒にいるだけで楽しいと思ってくれているのがその表情からリアルに窺《うかが》えて、そのことを颯矢は嬉しいと感じている。

本当に、後もう一押しでなにかが変わりそうなのだが……。

とにかく、今は企画に助言してくれたことに対するお礼のほうが先だ。

さて、なににしようかとちょっとだけ考えてみたが、ふと選択肢が少ないことに気づく。

(俺《おれ》、金ないんだっけ……)

スーツやら靴やら、日常の生活に必要なものを揃《そろ》えただけで、ほぼすっからかん。

次の給料日までの昼食代などを差し引くと、プレゼントを買うような余裕はない。

となると、信高が喜びそうなことで、できることはただひとつ。

「助言の礼に、次の休みの日に俺の写真を好きなだけ撮らせてやるよ。トイレ以外の場所なら、いつでもどこでも勝手に撮っていいからさ」

その日の夜、信高の作ってくれたご馳走《ちそう》を前にワインで乾杯した直後にそう言ってみると、信高は大喜びしてくれた。

そして休日、目覚めた颯矢の視界に真っ先に入ってきたのはカメラのレンズだった。

その後も、大口開けて朝食を食べているところや歯を磨いているところを撮られまくる。

信高が拗《す》ねるから平日に根を詰めて掃除しなくなったぶん、午前中いっぱいは家中の掃除にいそしんだのだが、やはりその後をいちいち追いかけられてはパシャリ。

午後になると、遊びに行こうと強引に車に乗せられ、公園やら洒落《しゃれ》た街中に放り出されてパシャリ。

大人しく撮られているだけなのもつまらないので、その度《たび》に颯矢は変なポーズをとったり、顔芸を披露したりと、あの手この手で信高を笑わせてやった。

「今の顔、引き延ばしてパネルにしてもいいか?」

会心の出来の変顔を披露した後、ひとしきりげらげら笑った信高にそう言われた。

「ダメダメ、こういうのは一瞬の勝負なんだから。何度も見たらつまんないって」

「そんなもんかね。見る度に笑えていいかと思ったんだが……」

「いや、絶対飽きるって。そんなんしなくても、俺が毎日笑わせてやるからさ」

「毎日か、そりゃいいな」

くしゃっと嬉しそうに信高が笑う。

その顔を見た颯矢は、なんだか自分も写真を撮りたくなってきた。

信高にそれを言うと、やたらとすかした顔を作られそうなので、携帯のカメラをこっそり起動させて、信高が声をあげて笑っている瞬間を見はからってシャッターを切る。

「今の、スマホで俺を撮ったのか?」

「うん。……思ったよりよく撮れてる」

軽くのけぞって、空を見上げて笑っている。

今日の空と同じぐらいに明るい顔で……。

「いやいや。目をつぶってるじゃないか。言ってくれれば、もっと格好いい俺を撮らせてやったのに」

「興味ない。俺は、信高のこういう顔のほうが好きだから」

好き、という言葉を口にした瞬間、微《かす》かに鼓動が乱れた。

(もうちょいだな)

確信まで後少し。

信高もなんとなく察しているのか、ふっと嬉しそうに微笑《ほほえ》んだ。

「……そっか。それならしょうがないな」

「うん、しょうがない」

どうせ毎日顔を合わせるのだからと、十和田のことを写真に撮りたいと思ったことはない。

でも今、信高の笑った顔を手元に置いておきたいと思っている自分がいる。

（別に焦《あせ》ることもないし……）

すでに目の前にぶら下がっている確信を眺めているだけでも、なにか浮き浮きして楽しい感じがする。

喩《たと》えるならば、楽しいことがある前日の夜の浮き立つ気分。

確信を得てしまったら、この感覚はそれ以上の高揚感に消されてしまうだろう。

少しもったいないから、もう少しだけこの関係をのんびり楽しみたい。

「そうだ！　あのさ信高、俺、ちょっと行きたいとこあるんだけど」

「おう、どこでもつき合うぞ」

「んじゃ、車出して」

向かう先は、今回のイベント企画書に使わせてもらった下町だ。

企画書を作っている最中に、商店の人達に話を聞いたり、街並みの写真を撮ったりするために訪れていた。

そのとき颯矢は、会社の先輩達へのお土産《みやげ》としてメンチカツを持ち帰り、昼時でもないのに社内に食いものの匂いをまき散らすなと十和田に怒られたりもした。

（十和田さん、怒りながらもちゃんと食べてくれてたけどさ）

店先で味見して美味《おい》しかったから、会社だけじゃなく、信高の土産にもしようかと一瞬考えたのだが、実行には移さなかった。

家に帰る頃《ころ》には冷えてメンチカツの味が落ちてしまっているだろうし、どうせなら、揚げたての一番美味しいところを一緒に食べたいような気がしていたからだ。

（こういうのも、はじめてだ）

颯矢は今まで、下町探索に誰かを誘ったことがない。

人懐こい質で友達とわいわい楽しむのは大好きなのだが、これだけは誰かと楽しみを共有する気になれなかったのだ。

ずっとそんな自分の心の動きを不思議に感じていたが、その疑問もつい先日解消された。

（下町が好きなのは、親父と一緒に暮らしていた頃を思い出すからだ）

大切な写真を失ってしまったことで、それを再認識させられた。

三人で暮らした、あの懐かしい日々。

休日には夕暮れの町を三人で散歩して、夕食のおかずを買って帰った。

そんな懐かしい想い出を無意識のうちに辿《たど》っていたから、きっと他人の存在が邪魔だったんだろう。

でも、今は違う。

信高とならば、この楽しみを共有したい。

というか、郷愁を感じるこの時間が自分にとって大切なのだということをわかって欲しいと思う。

それぐらい、今の颯矢にとって信高の存在は特別になってしまっている。

(会ってまだ、一ヶ月も経《た》ってないのにな)

これだから、人生は面白い。

「どこに行くんだ?」

信高に聞かれて、颯矢は企画書のことを話した。

「美味しいメンチカツを食わせてくれる店があるんだ。揚げたての一番美味いところを食いに行こうよ。でもって、その地元の神社に参拝して、帰りには総菜屋にも寄っていこう」

そこの総菜はビールのつまみに最適なんだと教えると、いいねぇと信高が笑って応じる。

その笑顔に颯矢は浮き浮きしていた。

☆

信高の家に居候するようになって三週間がすぎた日の夜、颯矢はひとりリビングのソファに座ってぼんやりテレビを眺めていた。

信高は、明後日まで雑誌の仕事で、東北の秘境にある温泉の撮影で留守にしている。

温泉に取材旅行に行くと聞かされた颯矢が羨《うらや》ましがると、休みの予定さえ教えてくれていれば、次の仕事に連れて行ってやれるかもしれないと言われた。

荷物持ちなどのアシスタントとしてなら、旅費も経費で落としてやれるとも……。

もちろん、そのぶんちゃんと働いてもらうぞと言われて、颯矢は大喜びで頷《うなず》いた。

そして今朝早く、颯矢は一足先に家を出た信高を見送った。

そしてこの家ではじめてひとりで留守番することになったのだが……。

「あー、退屈だぁ」

ひとりきりですごす夜に、颯矢は早くも飽き飽きしていた。

三週間前まではずっとひとり暮らしだったというのに、ここで信高とすごす時間がやたらと楽しかったせいもあって、以前のようにひとりでいることが退屈で退屈でしかたない。

掃除でもすればいいのかもしれないが、ひとりだと思うとやる気が起きないのが不思議だ。

「かなり早いけど、もう風呂にでも入ろっかな」

そして風呂上がりに一杯ひっかけて、早々に寝てしまおう。

テーブルに置いてあった携帯で時間を確認した颯矢は、待ち受け画面に設定した信高の笑顔を見て、ふっと微笑む。

(楽しく仕事できてればいいけどな)

誰かの写真を待ち受けにしたのは、大学時代につき合っていた彼女に勝手にツーショットの写真を待ち受け設定されて以来のことだ。

そういうことをしたいと思ってしまう自分の気持ちの動きが、なんともこそばゆい。

妙に浮き浮きする気分を持て余しながら、颯矢は風呂に入るべく立ち上がった。

と、ちょうどそのとき、玄関のチャイムが鳴った。

「誰だ？」

信高からは来客があるとは聞いていない。

来客が居候の存在を知らなければ厄介《やっかい》なことになりそうだが、外から見て家の中に灯《あか》りがついているのは一目瞭然《いちもくりょうぜん》で、居留守を使うこともできない。

しょうがないかと玄関に向かい、鍵《かぎ》を開けたところでふと気づく。

（しまった。この家にはインターフォンがあったんだっけ……）

長年、古い木造のアパート暮らしだったから、つい失念してしまっていた。

来客が誰であれ、直接顔を合わせる前に、インターフォン越しで会話することでワンクッション置いたほうがよかったが、もはや後悔先に立たずだ。

意を決してドアを開けると、そこにいたのは颯矢より少しばかり年上の女性だった。

「信高は？」

女は、颯矢が現れたことに驚きもせず、淡々とした口調で唐突に聞いた。

「仕事で留守にしてます」

「ああ、そう。それなら、中で待たせてもらうわね」

「え、ちょっ……。待って、勝手に入らないでください」

家主の留守中に、名乗りもしない相手を入れるわけにはいかない。

誰なのかと聞こうとしたのだが、その前に「あなた、誰?」と逆に女がきつい口調で聞いてくる。

「津田《つだ》颯矢、ここに居候させてもらってます。――あなたは?」

「私はもうじきここに住む予定の女よ」

「住むって……」

そんな話、信高からは聞いてない。

(この女、なんか変だ)

名乗りもせずに一方的にまくし立ててるだけ、妙に強気で迷いのない口調も。

ふと、セミロングの髪の隙間《すきま》から見える女の耳たぶを見て、颯矢はギョッとする。

(イヤリングだ)

これぐらいの年齢の女性の場合、イヤリングよりピアスをしている割合のほうが多いようなイメージが颯矢にはある。

彼女の耳元を飾るイヤリングは、けっこう大きめで耳の下でプラプラと揺れるタイプだ。

そう、以前玄関先で拾った葡萄《ぶどう》モチーフのイヤリングのような……。

(……もしかして、この女が例のホラーな見合い相手だったりして)

イヤリングを見つけた翌日、信高が叔母《おば》に連絡を取ったが、なにも情報は得られなかったと聞いている。なにかわかったら連絡するからと言われたようだが、その後、なんの音沙汰《おとさた》もないまま。

これはちょっとやばいことになってるんじゃないかと緊張している颯矢に、「で、あなた、いつまでこの家にいるつもり？」と女が邪険に言う。

「次に住むところはもう決まってる？　他人と同居なんて絶対にごめんよ。私が引っ越して来る前に出て行ってくれるわよね？」

「えっと……。そういうことは、信高と直接話すんで……」

「その必要はないの。信高は私の言うことならなんでも聞いてくれるから」

（いや、それ有り得ないって……）

ゲイである信高が、女性とそんな深い関係になるとは思えないし、家に引き入れるはずもない。

となると、この家に住む予定だという女の言い分のほうがおかしいわけで……。

（決まりだ。この人が例のホラーな見合い相手だ）

信高が留守でよかったのか、悪かったのか……。

とりあえず、留守を守っている身としては、こんな危険な女を家の中に入れるわけにはいかないし、これ以上、信高に近づけたくもない。

（なんとかして諦めさせないと）

一瞬にしてそう決意した颯矢は、例の如《ごと》く、ろくに考えもせずに口を開いた。

「信高は、あなたより、俺と一緒に暮らすことを望んでると思いますよ」

「どうしてそう思うの？」

「だって俺、信高の恋人だから」

胸を張って堂々とそう告げたら、なんだか妙に気分がすっきりした。

「恋人って……」

驚いて狼狽《うろた》えた女が、颯矢の身体を上から下までなぞるように見る。

「あなた、男よね？」

「はい、見た通り。でも信高は、どんな美人よりも俺のほうが好みだと思いますよ」

「それって……ゲイ？」

「はい」

「そんな……」

その質問に深く頷くと、女は口元に手を当てて、芝居がかった様子でよろっと一歩後ろに下がった。

「ああ、でも……そういえば、あの子、昔からもててたのに、一度も家に女の子を連れて来たことがなかったっけ……。あたし達に紹介したくないだけかと思ってたけど……」

「え？　あの子？」

見合い相手が使う言葉だとは思えない。

なにか変だぞと思いつつ、颯矢は恐る恐る聞いてみる。

「あの……お名前を伺っても？」

「御崎菜々美《おざきななみ》。あなたには息子達——敏也《としや》と和也《かずや》がお世話になったみたいね。とりあえず、そのことだけはお礼を言うわ」

「あの子達の母親？」

ということはつまり、信高のお姉さんだということだ。

そう認識した途端、ザアッと颯矢の顔から血の気が引いた。

(なんでこんな若く見えるんだよ！)

女性の化粧術恐るべし、なんて驚いている場合じゃない。

(俺、なんてことしちゃったんだ！)

信高は家族にはカミングアウトしていないと言っていた。

それなのに、すべてぶちまけてしまった。

どーしようと混乱しまくっている颯矢に、菜々美が言う。

「あの子が出張だっていうのは本当なの？」

「はい！　しゅ、取材旅行で明後日の夕方に帰ります」

「そう……。それなら、そのときにまた来るわね。包み隠さず全部話してもらわないと……。

——あの子には、私が逃げるなと言ってたって伝えておきなさい」

いいわね?!　とビシッと鼻先に指を突きつけられた颯矢は、彼女から受ける威圧感に、はい！　と直立不動の姿勢を取った。

その鼻先で、菜々美の手によってバタンと玄関のドアが閉じられる。

しばらくの間、颯矢は直立不動のまま、思考停止状態でフリーズしていた。

やがて、徐々に思考が動きはじめる。

「……ああ、やっちゃった」

この世には取り返しのつかない失敗もある。

そのことを、楽天家の颯矢だってさすがに知っている。

自分がしでかしてしまったことの重大さに、颯矢は本気で打ちのめされていた。

5

翌日、仕事を終えて信高の家に戻った颯矢は、昨夜のうちにまとめておいた荷物を持ち、家を出てタクシーに乗った。

ちなみに、大きなバッグはまだ買っていなかったので、荷物全部ボックスシーツに放り込んで、風呂敷よろしくぎゅうぎゅうに結んで背負うという、実に雑な荷造りをしている。

タクシーに告げた行き先は、十和田が暮らしている恋人の佑樹《ゆうき》の屋敷だ。

日中に職場で、今いるところにはもういられなくなったから誰か居候させてくださいと先輩達に頼んでみたのだが、一泊程度ならなんとかなるが連泊は無理だとみんなに言われた。

あちこち毎日移動したのでは落ち着かないだろうし、どこか他にいいところはないだろうかとみんなで頭を悩ませていたら、珍しくしょんぼり落ち込んでいる颯矢を見るにみかねたのか、俺が面倒を見てやると十和田のほうから声をかけてくれたのだ。

もちろん、恋人との生活に邪魔者がいては鬱陶《うっとう》しいから、いてもいいのは数日間だけ。

次の休日には、引っ越し先の部屋の目星をつけるようにという約束つきだ。

（十和田さんって、やっぱり優しいなぁ）

——おまえみたいな馬鹿、行き場が決まらないまま放置しておいたら、なにしでかすかわかったもんじゃない。会社に迷惑かけられても困るからな。

そんな十和田の発言は、颯矢の耳を素通りしていた。

「ご厄介になります」

カタツムリよろしく荷物を背負ったまま、佑樹宅の玄関先で深々と頭を下げてから、よいしょと頭を上げる。

「いらっしゃい」

そんな颯矢を見て、佑樹は愉快そうに小さく微笑んだ。

一方、十和田は、「なんだその格好は」と呆《あき》れたように溜《た》め息をつく。

「大きな鞄《かばん》を買う金がないんですよ」

「そこまで貧乏か。それじゃ、部屋を借りることもできないだろう」

「あ、それは大丈夫。背に腹は代えられないんで、キャッシングでもしますから」

初キャッシングですと、へらっと笑うと、十和田にもの凄《すご》く嫌な顔をされた。

「おまえみたいな馬鹿がキャッシングの楽さを覚えるのはお勧めしないな。しょうがない。経理に給料前借りさせてくれるように頼んでやる」

「ありがとうございます！」

十和田はやっぱり優しいと、颯矢は感動した。

「この部屋で大丈夫？」

佑樹に案内されたのは、屋敷の端っこのほうの十二畳程の部屋だった。

部屋には文机と座椅子《ざいす》が置かれてあり、布団も一式用意されている。

窓を開けると広い庭が見えてなんとも贅沢《ぜいたく》な風情《ふぜい》だし、「なにか足りないものがあったら遠慮なく言ってね」と突然の訪問者である颯矢に対して家主の佑樹はとても優しい。

店では和服姿だった佑樹だが、自宅では洋服姿だ。

細身のスラックスに柔らかそうな素材のシャツを羽織るというラフな出《い》で立《た》ちで、凜《りん》として見える和服姿のときとはまた違う魅力がある。

美人だし優しいし料理も上手だしで、文句のつけようがない。

さすが十和田が選んだ人だと、颯矢はすんなりと納得していた。

「で、なんで今までいたところから追い出されたんだ？」

夕食の際に十和田にそう聞かれた。

「俺、追い出されたって言いましたっけ？」

「言ってない。だが、どうせそうなんだろう？」

「酷《ひど》いなぁ。違いますよ。自分で出てきたんですよ」

「自分で？　なにやらかしたんだ？」

颯矢のほうに非があると最初から決めつけている十和田の言葉に、颯矢はしゅんとしてうなだれた。

「二度と顔向けできないような、とんでもない失敗をやらかしちゃいました」

「だからなにやったんだよ」

「……言えません」

(佑樹さんは、信高がゲイだって知らないかもしれないし……)

そこをちゃんと信高に確認したことがない以上、口が裂けても言えない。

そういう大事なことは、本人が自分の意志で告げるかどうか決めるべきだと思うからだ。

(なんであのとき、言っちゃいけないことだって気づかなかったんだろう)

ストーカーじみた女から信高を守らなきゃと、それればかり考えていて、ゲイだと告げたことで周囲に及ぼす影響には全然気が回らなかった。

(好意的だったり、気にしないでいてくれる人ばかりじゃないのに……)

一度、口にしてしまった情報は、回り回って誰の耳に入るのかわからないのだ。

相手が誰であろうと気安く口にしてはいけないと、ちょっと考えればわかるはずだった。

大騒ぎになるのが目に見えてるから、家族にはカミングアウトしていないと信高は言っていた。

あえて隠すことで、家族とうまくやっていたってことなんだろう。

(十和田さんと一緒だ)

十和田もまた、佑樹のテリトリー内ではゲイだということを隠している。

それがばれることで、それまでうまくやっていた常連客と佑樹の関係性が壊れてしまうことを恐れているからだ。

（俺、知ってたのに……）

その話を聞いた段階で、隠すこともまた周囲への気遣いの一種なのだと学んだはずだった。

それなのに、ろくに考えもせず信高がゲイだということを口にした。

しかも信高のために、よかれと思っていたのだから呆れ返る。

（信高の家族、今ごろみんな知っちゃってるだろうな）

信高の姉が、実家に戻ってきっとすべて話してしまっているだろう。

信高がひた隠しにしてきた事実を知ってしまった家族達は、みんなショックを受けたはず。

そしてその後、どんな風に思っただろう。

困惑して口を閉ざすか、有り得ないと怒るか、気持ち悪いと眉《まゆ》をひそめるか。

身内がゲイだということを、諸手《もろて》を挙げて歓迎する人なんてきっといない。

テレビ画面にその手の人達が映し出されていることで、昔に比べればオープンになっているとはいえ、やはりマイノリティなのだから……。

ある程度、その事実を受け入れてくれたとしても、これまでとまったく同じ関係には戻れない。

家族だからといって、なにもかもをすんなりと受け入れられるわけじゃない。

（家とは、ちょっと違うだろうけど……）

颯矢は、ノリがあまりにも違いすぎてうまくいかなかった自分と義父との関係を思った。

お互い確かに好意は持っているのに、一緒にいるとどうしてもぎこちなくなってしまう。

愛する母を任せても大丈夫だと思えるほどに信頼し、敬愛すらしているのに……。

そしてまた、信高の家族も、息子として弟として愛しているだろう信高に対する、どうしようもないわだかまりに苦しむことになるのではないだろうかとも思う。

そんなぎこちない家族を見れば、信高だって苦しむことになるだろう。

当たり前のように行き来していた関係が疎遠にならないとも限らない。

（仲良し家族っぽかったのに……）

それなのに、自分がそこに余計な一石を投じてしまった。

徐々に広がっていくだろう波紋が、これからどんなトラブルを引き起こしていくのか。

そして信高が、それによってどれほどの辛さを背負うことになるのか。

そして、寂しい想いを味わうことになるのか……。

いつになくマイナス思考に陥った颯矢は、珍しく考え込んでしまっていた。

ただでさえ凹《へこ》んでいたのに、深く考えることでさらに気分が滅入《めい》ってくる。

「……俺が馬鹿だったんです」

手に持ったままだった箸《はし》をテーブルに置き、両手を膝《ひざ》の上に乗せて深くうなだれる。

「もう、どうしていいか……」

涙が出そうになったが、唇を噛《か》みしめてぐっと堪《こら》えた。

「颯矢くん、なにがあったのかはわからないけど、あまり思い詰めないほうがいいよ」

佑樹は心配そうに気遣ったが、十和田は「ほっとけ」と冷たく言い放つ。

「どうせすぐにケロッと元気になるんだ。この馬鹿は立ち直りが異常に早いからな。心配するだけ損だぞ」

「そんなこと……」

「ホントのことです」

おろおろする佑樹に、颯矢はそう告げた。

「俺、落ち込みが長続きしないんですよ。……取り返しのつかない馬鹿な真似《まね》をして、人の人生変えちゃったかもしれないのに、自分はあっさり元通りなんて、最低ですよね」

人間のくずだ、と再びうなだれて呟《つぶや》く。

「……珍しく本気で凹んでやがる」

そんな颯矢を十和田は物珍しそうに眺めていた。

☆

颯矢の落ち込みは珍しく長続きした。

二日経《た》っても気力は戻らず、熱でもあるんじゃないかと十和田が疑うほどだ。

「平気です。自業自得なんでほっといてください」

はあっと溜め息をつきながら会社に行き、俯《うつむ》き気味に一日をすごす。

佑樹の家で夕食を食べた後は、早々にあてがわれた部屋に引きこもった。

（……ふたりの邪魔しちゃ悪いし）

この家にお邪魔して、一緒に暮らす十和田と佑樹の様子を間近で眺めて見たことで、颯矢は十和田への恋心が勘違いだったことを確信した。

互いを見つめる視線の優しさや、会話の端々から感じる信頼や労《いたわ》りの心、離れがたく結びついたふたりの心の有り様を見ても、嫉妬《しっと》らしき感情をまったく感じない。

今は、ただただ羨ましいと思うだけだ。

と同時に、もしかしたら今度のことさえなければ、自分も信高とあんな関係になれたかもしれないのにと悔しく思ったりもする。

そして、信高の家族関係に亀裂《きれつ》を入れるような真似をしたくせに、手に入れ損ねた自分の幸せばかりを未練がましく考えている自分に、またしても凹む。

（ホントは謝らなきゃいけないのに……）

取材旅行から帰った信高が、おまえはゲイだったのかといきなり家族に詰め寄られて当惑しないよう、早めに連絡して心の準備をさせるべきだったんだろうなとも思う。

連絡して、やらかしたことを白状して謝るべきだとわかっていたのに、どうしてもそれができなかった。

それどころか、信高からの連絡をシャットアウトすべく、あの夜から携帯の電源をずっとオフにしたままだ。

(悪いことして、ただ逃げるだけなんて)

それではまるで子供だと思うのに、どうしても信高に連絡を取ることができなかった。

申し訳なくて顔向けできないだなんて、ただの逃げだってことぐらい、自分でもよくわかってる。

本当は怖いだけだ。

いつも楽しげに微笑んでいた信高の顔に、怒りの表情が浮かぶことが……。

なんてことをしてくれたんだと怒られて、信高に嫌われたらと思っただけで、地球の裏側までダッシュで逃げたくなる。

それぐらい、信高の存在は颯矢の中で大きくなってしまっている。

(俺、信高のこと本気で好きになってたんだ)

それも、随分と前から……。

信高とのはじめての夜は、泥酔した勢いでやってしまったようなものだけれど、二度目のときはまったく違った。

真剣に見つめてくる眼差しに颯矢自身は狼狽え戸惑っていたのに、身体が勝手に動いて、その背中に腕を回してしまっていた。

信高と出会ったことで自分の中に新たに芽生えていた感情、それこそが本当の恋なのだと、考えなしの颯矢が頭で理解するより先に、身体のほうが感情に素直に反応したのだろう。

ファザコンをこじらせただけの十和田のときにはまったく感じなかった、恋ゆえの切実な欲望に突き動かされるまま……。

（……そりゃそうだよなぁ）

いくら好奇心旺盛で楽しいことが大好きだとしても、ゲイだという自覚もないまま、好きでもない男相手に無防備に身体を預けて抱かれるだなんてできっこないのだ。

そこまで颯矢は節操なしじゃないし、真剣な眼差しを向けてくれる人相手に気軽に遊びで応じてしまうような、そんなけじめのない真似はもともと嫌いだったのだから……。

（そうだよ。俺、信高が好きなんだ）

胸の中に、やっと落ちてきた恋の確信。

すんなりそう思える日が来るのを浮き浮きして待っていたはずなのに、もう楽しい気分にはなれそうにない。

逆に不安で、苦しくなるばかりだ。

(信高、俺がやらかしたことを知ったら、俺のこと嫌いになるかな)

自分がやらかしてしまったことを思えば、嫌われて当然。

不安なのも苦しいのも自業自得。

今ごろ信高は、事実を知った家族といきなり対峙《たいじ》させられているところかもしれない。

その恐ろしい状況を思えば、自分の気持ちにかまけている場合じゃないとも思う。

それでもなお、やっぱり信高に嫌われたくないという気持ちばかりに心を占領されている自分にまた凹む。

(俺、サイテーだ)

凹むあまりに、うなだれた頭がゴツンと畳にくっつく。

人生最高の落ち込みっぷりだった。

＊

「こんな時間に客か?」

落ち込む颯矢と同じ屋根の下、インターフォンで来客と応対し、表門のロックを遠隔操作で外していた佑樹に十和田が話しかけた。

「もう門のところまで来てるって、信高が」

「ああ、この間、あの馬鹿をとっつかまえてくれた彼か」

「はい。──颯矢くんのこと、馬鹿呼ばわりはちょっと可哀想《かわいそう》です」

「お約束みたいなもんだからいいんだ。本人も面白がってるしな」

「そういうものなんですか」

わからないと言わんばかりに佑樹が首を傾《かし》げる。

「信高くんはなんの用だって？」

「さあ？　こんな風になんの連絡もなくいきなり来るなんてはじめてだから、少し気になりますね。──とりあえず、出迎えてきます」

その不安そうな様子が気になった十和田が少し遅れて玄関へ行くと、上がり框《かまち》に腰かけて信高の到着を待っていた佑樹が微笑んで迎える。

佑樹が、信高を出迎えるべく玄関へと姿を消した。

「以前はよく来てたのか？」

「はい。でも、来るのはいつも店のほうで、自宅に来たのはたぶんはじめてです。昨夜も近況伺いの電話があったし、なにか相談事があるのかも……。──もしも相談事だったら、十和田さんも一緒に話を聞いてくださいね」

自他共に認める箱入りの世間知らずである佑樹の要請に十和田が頷いたところで、玄関の呼び鈴《りん》が鳴った。

「いらっしゃい、信高」

佑樹が引き戸を開けて出迎える。

「よう。――こんばんは。突然すみません」

佑樹の肩越しに、信高が十和田に挨拶《あいさつ》した。

「やあ、こんばんは。俺のことは気にしなくてもいい。佑樹の親友なら俺にとっても大切な相手だから。玄関先で長話もなんだ、上がってくれ」

そう勧める十和田に、「いえ、ここで充分」と信高が軽く首を振る。

「うちのお馬鹿さんを迎えに来ただけなんで」

「お馬鹿さん？」

佑樹は首を傾げ、十和田は眉をひそめた。

「もしかして、あの馬鹿のことか？」

「ええ、その馬鹿です。――まだここにいるんだろ？」

「あ、颯矢くんのことか。うん、いるよ」

呼んでくるねと家の中に戻りかけた佑樹を、ちょっと待ってくれと信高が止めた。

「俺の名前は出さずに呼んできてくれないか？」

「え？　どうして？」

「なるほど、そういうことか」

佑樹は不思議がり、十和田は肩を竦《すく》めた。

「あの馬鹿が二度と顔向けできないような、とんでもない失敗をやらかしたって相手は、君だったか」

「あいつ、そんなこと言ってましたか」

「ああ。あの馬鹿には珍しく、もうず～っと凹み続けてるぞ」

そりゃ凄いと、信高が笑う。

「えっと……ごめん。つまり、颯矢くんが火事の後に世話になってた友達が信高ってこと？」

ひとりだけ話についていけない佑樹が恐る恐る確認する。

「そうだ」

「前から知り合いだったんだっけ？」

「いや。おまえんとこの店で会ったのがはじめてだ」

「だよね。店では世間話程度しかしてなかったように記憶してるけど、いつの間にそんなに親しくなったの？」

佑樹は不思議そうに首を傾げた。

＊

（そういえば、あれ、気分よかったな）

――だって俺、信高の恋人だから。

そう告げた瞬間の、晴れ渡った空のようなすっきりとした気分を思い出し、颯矢はうなだれすぎた頭を畳につけたまま、ついにんまりと笑っていた。

どうだ凄いだろうと、なにかを得意げに自慢するときと同じような気分。

その発言こそが、消し去ってしまいたい失敗そのものなのだけれど、それでもその言葉を口にした瞬間、自分は確かに嬉しかったのだ。

信高の恋人だと、声高々に告げられることが……。

（もう、二度と言えなくなっちゃったけど……）

ずしんとまた落ち込んで、颯矢の口元から笑みが消える。

それからしばらくして、今度はぐうと腹が鳴った。

（さっき食べたばっかりなのに、もう腹が減っちゃったよ）

落ち込んでても食欲旺盛《おうせい》な我が身の健康さが恨めしい。

とはいえ、この空腹感は佑樹の料理が胃に優しいものばかりだからという理由だけではなさそうだ。

（考え事すると腹が減るもんなんだな）

いつだったか、脳みそは案外カロリーを消費する部位なのだと聞いたことがある。

この空腹感は、珍しく落ち込んで、あの夜のことを何度も思い出しては我が身の愚かさを嘆《なげ》くという行為、つまりは颯矢にしては珍しく考え事をずっとし続けていて、普段ろくに働かせていない脳みそをずっとフル活動させ続けているせいなのかもしれない。

「どんだけ俺、考えなしなんだろう」

我が身の馬鹿さ加減に、颯矢は自嘲《じちょう》気味にうへへと笑う。

「……なんか食べよ」

よいしょと上半身を起こして立ち上がる。

佑樹からは、キッチンにあるものならなんでも飲み食いしていいと言われている。

その優しいお言葉に甘えることにして、夕食の残りの煮物かなにかとビールを一本拝借させてもらおうと、なんとなく足音を忍ばせ、こっそりとキッチンへと向かう長い廊下をそろそろと進んだ。

と、玄関へと通じる方向から、佑樹の声が聞こえてくる。

(お客さんかな？)

好奇心に駆られるまま立ち止まり、両手を耳に当てて聞き耳を立てる。

佑樹の声の後に十和田の声が聞こえた。

そしてもうひとつ、やけに聞き覚えのある声も聞こえてくる。

（これって……信高だ）

ぴきんと、颯矢はその場で凍りついた。

なんでここに？　なんてことは、この際どうでもいい。

今すぐにでも逃げ出してしまいたい気持ちと、申し訳ないことをしたと謝りたい気持ち。

そのふたつが、颯矢の中でしばしせめぎ合う。

その結果、その場で拳《こぶし》を握りしめた颯矢は、思いっきり大声で叫んでいた。

「信高、ごめんっ‼」

と同時に、ここにいたらヤバイとばかりに、脱兎《だっと》の如くその場から逃げ出した。

＊

「信高、ごめんっ‼」

颯矢の大声に、玄関にいた三人は思わず顔を見合わせた。

次いで、だだだっと廊下を走る足音が響き、ガラッと引き戸を開ける音が聞こえてきて。

「ホントごめん！　ごめんなさ～いっ‼」

謝り続ける颯矢の声が徐々に遠くなっていく。

その音を聞きながら、十和田がいかにも堪えきれなかったと言わんばかりに、ぶふっと噴き出した。

「あの馬鹿、縁側から外に逃げたな。いい歳《とし》してなにやってんだか」

「縁側から？　なんでそんなこと……」

後を追うべきだろうかとおろおろする佑樹を、「この鬼ごっこにつき合うのは俺の役目だから」と信高が止める。

「とりあえず、このままあれを連れ帰るんで、詳しい話はまた後日ってことで。——俺達のことは気にせず、戸締まりしちゃってください」

「そうしてくれると助かるよ。——ちなみに、あいつ明日は有休取ってるから」

「了解です。——じゃ、また」

信高は軽く手を挙げてふたりに挨拶してから、外に飛び出す。

その顔には、いかにも楽しげな笑みが浮かんでいた。

＊

一方颯矢は、縁側から——本人的には——颯爽《さっそう》と外に飛び出したまではよかったが、その後がてんで駄目だった。

換気のために開け閉めするだけの縁側に履き物は用意されておらず、颯矢は靴下のまま外に出た。

佑樹の屋敷の敷地内を、裏庭のほうへ向かって走るつもりだったのに、現代人の柔《やわ》な足が靴下だけの状態に耐えられるわけもなく、敷き詰められた砂利の刺激に顔をしかめながらヨタヨタとみっともなくよろつきながら進むことしかできない。

そうこうしているうちに、一際大きく尖《とが》った石を踏んでしまい、思わず変な風に足裏を浮かせたせいで、ずるっと横に滑って思いっきりすっころんでしまった。

「う〜〜」

砂利の上に腕やら腰やらあちこち打ちつけて、痛みのあまり声も出ない。

運の悪いことに、滑ったほうの足を捻《ひね》ったようで、足首が変な感じにズキズキする。

なんとか身体を起こしたものの立ち上がることはできず、両手で痛めたほうの足首を押さえたままその場にうずくまることしかできない。

(ああ、もう。なにやってんだろ。みっともないったら……)

落ち込んだ颯矢の耳に、しばらくして砂利を踏む足音が聞こえきた。

顔を上げると、こちらに向けて駆け寄ってくる信高の姿。

(げっ、どうしよう)

この足ではもう逃げることもできない。

顔向けできない気まずさから、思わず下を向いた颯矢に、信高はいつもの調子で話しかけてきた。

「お、いたいた。──足をどうかしたのか？」

「……石踏んで滑って捻った」

「どれ、見せてみろ」

ぐいっと無造作に足首を摑《つか》まれて、靴下を脱がされた。

「足の裏は赤くなってるだけだな。足首は……」

「ちょっ！　痛い、痛いって‼」

ぎゅぎゅっと強い力で足首を押されて、颯矢は悲鳴をあげた。

「たぶん捻挫《ねんざ》だな。とりあえず家に帰ったら湿布してやるよ。それで明日まで様子見しよう。──ほら、摑まれ」

肩かしてやるよと信高が手を差し伸べてきて、ずっと下を向いたままだった颯矢の視界の中に、その指先が入ってくる。

（さっき、家に帰ったらって言ったよな）

ということは、わざわざ迎えに来てくれたってことなんだろうか？

もしそうならすっごく嬉しいが、もしかしたら文句を言うためだけに迎えに来たって可能性もある。

それを思うと、もの凄く怖い。

（あの手に摑まりたいのに……）

それなのに、怖くて手を伸ばすことができない。

怖くて身が竦むあまり、思った通りに行動できないなんて記憶にある限りはじめてだ。

歯痒《はがゆ》くて、焦《じ》れったくて、苦しい。

そんな自分が悔しくて、気がつくとぼんやり視界が滲《にじ》んでいた。

颯矢は、手の甲で滲んだ涙をぐいっとぬぐう。

「泣いてるのか。……おまえ、案外泣き虫なんだな」

その仕草を見た信高が、ちょっと楽しそうな口調で言った。

カチンときた颯矢は、下を向いたまま、「違う」と口を尖らせた。

「ここ十年で泣いたのは、お袋の結婚式だけなんだからな」

「この間も泣いてたじゃないか」

「あれは、信高が悪い！」

「なんでだよ」

「正確には信高の写真が悪い。あれのせいで三人家族だった頃の写真が焼けちゃったことを思い出しちゃったんだからさ」

「あー、写真で連想したってことか」

「そうじゃない。ただの写真なら思い出したりしなかった。あの写真には愛があったから……幸せそうな目線を感じたから、だから昔の……幸せだった頃の写真をついうっかり連想しちまったんだ」

「そっか……そういう流れか……」

「そうだ、信高が悪い」

「泣かせといて悪いが、俺にとっちゃ、それは最高の誉《ほ》め言葉だな。――ありがとう」

信高の手が頭にのせられ、わしわしと撫でられた。

触れた手の平から微かに伝わる温《ぬく》もりに、颯矢は少しほっとする。

「んで、今はなんで泣いてるんだ？」

「……足が痛いからだよ」

「それなら、なおのことさっさと帰って手当しようぜ」

な？　と、信高が顔を覗《のぞ》き込んでくる。

思わず下を向いたまま顔を背けると、ふっと小さく笑う声がした。

「ああ、そっか。俺に顔向けできないって言ってたんだっけ。――なら、おぶさるか？　それなら顔を合わせずに済むだろう」

ほら、と背中を向けた信高が目の前でしゃがむ。

（……怒ってない……のか？）

声の調子は以前と同じ、明るいままだ。

そのことに勇気を得た颯矢は、やっと顔を上げた。

（この歳でおんぶなんて、そうそうできない体験だよな）

ちょっと気が緩んだせいか、目の前にある広い背中に乗っかる誘惑に逆らえなくなる。

（ここでシカトしたら感じ悪いし）

だからしょうがないと理由をこじつけて、ぎこちなく片足で立ち上がり、信高の肩に手を伸ばす。

思い切って身体を預けると、信高は勢いよく立ち上がった。

「おっ、やっぱりけっこう重いな」

「そりゃそうだよ」

信高に顔を見られないよう、颯矢は俯き加減のまま答える。

「なあ、なんで俺がここにいるってわかったんだ？」

「おまえがスマホの電源を切ってたからだ」

「なんで？」

信高から隠れるために電源をオフにしていたのにと、颯矢は首を傾げる。

「スマホ以外に残るおまえと俺の接点はここだけだろ？　まさか会社に直接行くわけにもいかないしな。とりあえず十和田さんに聞こうと思って、佑樹に連絡を取ってみたんだ」

電話に出た佑樹は、十和田に代わってくれと信高が頼む前に、いま颯矢が泊まりに来ていることを嬉々《きき》として教えてくれたのだそうだ。

（そっか……そうだよな。俺って、ホント馬鹿だ）

一番見つかりやすい場所に逃げ込むとは、我ながら見事な馬鹿っぷりだ。

「佑樹のやつ、どうやらはじめて会ったときのおまえの脳天気さがツボだったみたいだ。おまえの元気のなさを心配してて、十和田さんに聞いてもほっとけって言うばかりだからって、なにか元気づけるいい方法はないかって俺に聞いてきた」

「佑樹さんっていい人だなぁ。……俺、帰る前に挨拶してく」

「それはまた後日にしとけ。その前におまえには、俺と話さなきゃならないことがあるはずだろう？」

思わずギクッと露骨に狼狽えたら、背中越しに伝わったらしく、「この状態じゃ逃げるに逃げられないな」と信高がからかう口調で言う。

（やっぱり、怒ってないみたいだ）

「……ごめん」

ほっとしながら謝ると、「なにに謝ってるんだ？」と聞かれる。

「そりゃ、あれだよ。……信高の姉ちゃんに、信高がゲイだってことぺろっとしゃべっちゃったから……」

「なるほど、そこを謝るか」

少しがっかりしたような信高の口調に、颯矢は不安になった。

「他になんか謝らなきゃならないことしたっけ？」

「した」

「えっと……なにを？」

「俺を置いてひとりで逃げた」

「――えっ？」

信高の言っていることの意味が颯矢にはわからない。

「どういうこと？」

「やっぱりわかってなかったか」

信高は溜め息をついた。

「俺がゲイだって家族にうっかりバラした後に逃げ出したのはどうしてだ？」

「だからそれは……その……俺が迂闊《うかつ》なこと言ったせいで、信高が家族から絶縁されたり、そこまでいかなくても、よそよそしい態度を取られるようになるかもって思ったから……」

家族と思うように会えなくなるのは辛《つら》く寂しいことだ。

そのことを颯矢は実感として知っている。

母とは定期的に会えるけれど、病死した父とは二度と会うことはできないから……。

父の死からずいぶん経ち、その不在に馴《な》れてしまったけれど、それでもやはり会えないことを寂しいと思うことがある。

心の中に、いつも父の不在という穴が空いていて、ふと思い出したように冷たい風が吹き抜けていくような感覚だ。

(信高の家族は生きてるけど……)

でも、そのセクシャリティを理解してもらえずに、距離を置かれることになったら、それはとても辛いことだろう。

会いに行ける環境なのに、相手がそれを望まず、拒絶される。

来《こ》し方行く末、自分の人生そのものを拒絶されているようなものだ。

胸に空いた穴に冷たい風が吹き抜けるだけじゃなく、拒絶される度、胸をえぐられるような痛みも感じるようになるかもしれない。

(俺は取り返しのつかないことをしちゃったんだ)

自分がしでかしてしまったことが本当に申し訳なくて、信高にもう顔向けできないと思ったから逃げ出したのだと、颯矢は何度も言葉に詰まりながら説明した。

「そうか……。おまえの考えはよくわかった。つまり、俺が家族にそっぽ向かれて、絶縁されるかもって思ったわけだな」

「うん。……ホントごめんな。謝って済むようなことじゃないけど……でも、ホントに悪いことしたと思ってるんだ」

「謝るポイントが違う」

「え？」

「家族に絶縁された上に、おまえにまで逃げられたら俺は本当にひとりになっちまう」

「ひとり？」

「そうだ。そっちのほうが、俺にはよっぽど辛い。——笑って気安く話せる相手が、目の前から一気にいなくなっちまうんだからな」

「あ……」

（そっか、確かにそうかも……）

家族と気まずい関係になった後、側に誰もいてくれなかったら、それは確かに辛い。愚痴《ぐち》を聞いてくれたり励ましてくれたり、目の前の困難を共に乗り越えようとしてくれる相手が側にいてくれるだけでも、辛い気持ちが少しは紛《まぎ》れるはずだ。

（俺はそうだったっけ）

父が死んだ後、颯矢は母とふたり寄り添って生きてきた。

母を励まし笑わせようとすることで、自分もまた笑顔になれていたのを覚えてる。

葬式の後、ぎこちない笑顔をはじめて見せてくれた母は、颯矢がいてくれてよかったと涙を滲ませながら言ってくれた。

その言葉に、颯矢自身が励まされていたことも覚えてる。

(俺は、ホント馬鹿だなぁ)

ちょっと違う視点から考えれば見えてくることだってあるのに、ろくに考えもせずいつもその場の気分で動いてしまう。

今まではそれでなんとかなっていたけれど、今回のこれはそうじゃない。

逃げ出すことで、さらに事態を悪くしてしまっていた。

「……ごめん」

颯矢はゆっくりとその言葉を口にした。

今まで口にした中でダントツに重い謝罪の言葉は、すんなり信高に伝わったようで、信高は無言のまま小さく頷く。

「家族とはなにか話した?」

「ん? ……まあ、昨夜、色々と話してきたよ」

信高は暗い声でそう告げると、はあと深い溜め息をついた。

(やっぱ、駄目だったんだ)

この暗い口調からして間違いない。

話し合いはうまくいかなかったんだろう。

信高は心の拠《よ》り所となる家族を失ってしまったのだ。

「――信高、ごめんな」

「ああ」

もう一度謝ってから、颯矢もつられて深い溜め息をつく。

（……俺のせいだ）

だからと言って、もう逃げ出したりしない。

それでは、なんの解決にもならないし、信高も喜ばないから……。

（自分のやったことの責任はとらなきゃ）

俯いているのをやめて顔を上げると、一気に視界が広がった。

ここ数日で見慣れたはずの屋敷の庭が、背負われていつもより視点が高くなったせいか、また違った景色に見えてくる。

（……広い庭だなぁ）

それに月明かりにほの白く浮かび上がる様がとても綺麗《きれい》だ。

ゆっくり歩く信高の背中に揺られながら、静かな庭を行く。

（こういうのも悪くない）

十和田と佑樹のデート先があちこちの庭園だと知ったときは、地味で退屈かもと思ったが、こうして信高と一緒ならそれも悪くないと思えるから不思議だ。

（そっか……。ただ一緒にいるだけでもいいのか）

信高がひとりにならないよう、失った家族の代わりに、ずっと自分が一緒にいる。

（恋人……じゃ駄目か）

魅力的な響きの言葉だけれど、甘いだけで重みがない。

家族の代わりになるのならば、もっと重みのある関係性でないと……。

「いいこと思いついた！」

颯矢は唐突に叫んだ。

頭の上で大声を出された信高が、「突然どうした？」とびっくりしたように振り返るのに、思いっきりいい笑顔で答える。

「信高、俺と結婚しよう‼」

結婚すれば家族になれるし、信高とずっと一緒にいられる。

今回の失敗を償えるだけじゃなく、この先の人生だってきっと楽しくなるに違いない。

一石二鳥だとひとりで納得して張り切っている颯矢に、信高は怪訝《けげん》そうな視線を向けた。

「……おまえ、自分がなに言ったかわかってるか？」

「もちろん！　今回の失敗の責任を取って、これからは俺が信高の家族になってやるって言ってるんだよ」

「責任を取って……ねぇ。据え膳なら大喜びで食うが、それでも俺はおまえに惚《ほ》れてるから、ただ義務感で一緒にいられるのはあんま嬉しくないな」

「大丈夫！　まあ、ちょっとはそういう部分もあるけど。——でもさ、ちゃんと俺も信高に惚れてるから」

「また唐突な告白だな。おまえは十和田さんひとすじじゃなかったのか？」

信高が苦笑気味に聞いてくる。

「あれはもうなし！　ってか、今でも大好きだけど、でも恋じゃない。俺、十和田さんに親父の面影《おもかげ》を重ねて憧《あこが》れてただけだったみたい」

悪いことをすると叱ってくれて、失敗すればちゃんとフォローしてくれて、自分で解決法を見つけられるまで黙って見守っていてくれる。

安心して、のびのび働ける会社でのそんな日々が、父がいることで安心しきって無邪気に悪戯《いたずら》し放題だった頃の懐かしい想い出に重なっていたような気もする。

（きっとそのせいで、母さん達と距離ができたことも、就職してからそんなに寂しく感じなくなったんだ）

大学時代はそんな寂しさもあって友達と遊んでばかりいたが、働くようになってからは誘われても断ることが多くなった。

会社ですごす時間で満足できるようになったから、友達が連れてくる女性陣に気を遣ってまで一緒に遊ぶ必要性を感じなくなっていたんだろう。

「そういやファザコンだったっけか」

「で、どうする？　俺と結婚する？」

「恋人をすっ飛ばして、いきなり結婚ときたか……。おまえ、ほんっと面白いな」

「俺のそういうところがいいんだろ？」

信高の肩にしがみついて、よいしょと勝手にずり上がりながら、颯矢は信高の顔を覗き込んだ。

「そうだな。その通りだ」

頷く信高は楽しげに笑っていて、颯矢はすっかり嬉しくなる。

「じゃ、決まりだ！」

「ああ。——でも男同士で結婚するってのがどういうことか、本当にわかってるのか？」

「わかってるって。養子縁組することになるんだろ？　うちの社長もつい先日同性婚したばっかりだから、そこら辺の情報はちゃんと頭に入ってるんだ」

「おまえんとこの会社って、ゲイ率高いのか？」

「ううん。カミングアウトしてるのは、社長とその相手と十和田さんだけ……。でもみんな理解があるから、俺が信高と結婚しても普通に祝福してくれると思うよ」

社長の結婚披露パーティーも社員主導で開いたのだと教えると、そりゃまた珍しい会社だなと信高は本気で驚いていた。

「あ、でも俺達が結婚すると、年下の俺が信高の籍に入ることになるのか」

「そうだな」

「ってことは、俺が嫁側かぁ。男に生まれて、まさか嫁入りすることになるとは……」

人生なにが起きるかわかったもんじゃないと颯矢が珍しくしみじみしていたら、信高はその沈黙の意味を誤解したようだ。

「男同士で嫁も婿もないだろう。あんまり気にするな」

気が変わられたら大変とばかりに慌てたように言う。

「別に嫌ってわけじゃないよ。嫁だろうが妻だろうが、どんとこいだ！」

任せとけと颯矢が威張る。

「男前だな。惚れ直すよ」

嬉しそうに信高が笑う。

「だろ？」

颯矢はやっぱり威張りながら、笑みを浮かべるその頬に背後から無理矢理キスをする。

「こっちにも」

振り返った信高のリクエストに応えて、唇にもキス。

月夜の下ではあるけれど、その心持ちは晴れ渡った青空気分。

雨が降ろうが槍《やり》が降ろうが、ふたりでいればきっといつも笑っていられる。

（ってか、俺が頑張って笑わせてやる）

決意も新たに、颯矢は信高の背中の上で空を仰いだ。

6

家に帰る前に、十和田と佑樹に挨拶だけしていきたかったのだが、信高に止められた。

「止《や》めといたほうがいい。勝手におまえを連れ帰るから、戸締まりしちゃってくれって、さっき言ってきたし。やっとふたりきりになれたって、さっそくいちゃついてたりしたら邪魔しちまうだろ？」

それもそうかと納得して、佑樹が鍵を開けてくれていたらしい表門から敷地の外へ出る。ちなみに表門はオートロック式なので、施錠の心配をすることなく、そのまま帰ることができた。

信高の車の助手席に収まった颯矢は、電源をオフにしながらも習慣でポケットに入れっぱなしにしてあった携帯の電源を入れた。

「おおっ、信高の着信数すげー」

ずらーっと並ぶその履歴に、颯矢は目を丸くする。

「そりゃそうだろう。取材先から何度かけてもでなかったし、家に帰ったら帰ったで、もぬけの空だったし」

心配したんだと言われて、颯矢はごめんと素直に謝った。

と、ちょうどそのタイミングで、颯矢の手の中の携帯が震えてメールを着信した。

「メール、十和田さんからだ」

なんだろうと開いて読んでみたら、荷物を取りに戻ってくる必要はないとのこと。

「佑樹さんに住所聞いて、着払いで信高の家に送りつけるってさ」

「手間が省けてよかったな」

「それはそうだけど……」

もともと明日には新居を探して出て行くつもりだったとはいえ、なんだか体《てい》よく厄介払いされているような気がしないでもない。

（やっぱり、お邪魔だったか）

恋人とのふたりきりの生活を取り戻せて、今ごろ十和田はほっとしているかもしれない。

（ふたりきりか……）

居候だったこれまでとは違って、正式にプロポーズを受理されたのだから、これからは自分達もふたりで同棲ってことになるんだなと、颯矢は思わずにやける。

と同時に、ふと思い出した。

「そういえば、信高の姉ちゃんって、本当にあの家に引っ越してくることになってたのか？」

「なんだそりゃ」

怪訝そうな信高に、颯矢はあの夜の菜々美の発言を伝えた。

「この家に住むことになる女だって言うからさ。あのホラーな見合い相手が乗り込んできたんだって勘違いしちゃったんだよ」

信高を守らなければと思うあまり、後先考えずに、自分が恋人だと宣言してしまったのだと告げると、「そういう成りゆきだったか……」と信高が苦笑した。

「心配するな。姉貴が勝手に言ってるだけだから」

信高の姉は、以前から信高の家での子連れ同居を狙《ねら》っていたのだと信高が言う。絶対に阻止するつもりだったし、これからも許可するつもりはないから安心しろとも……。

「でも俺、あの子達となら、楽しいから一緒に暮らしても平気だけど？」

「もれなく、あの女がついてくるぞ」

「それはちょっと怖いかも……」

あの夜、鼻先に指を突きつけてきた菜々美の偉そうな態度を思い出して、颯矢はびびった。

「……昨夜はあの姉ちゃんとも会ってきたんだよな？　怒ってた？」

「そりゃもう、ものっ凄い勢いで怒ってたさ。子連れでゲイカップルと同居するわけにはいかないから、今度の生活設計が崩れたってな」

「え、そっち？」

「ああ、そっちだ。俺がゲイだってことはさして問題じゃないみたいだったぞ。姉貴には、ゲイの友達が何人かいるらしいしな。子連れで押しかけてこられる心配がなくなって、俺としてはむしろほっとしたところだ」

「じゃ、他の家族は？」

「親父は魂が抜けたみたいに呆然《ぼうぜん》としてたが、上の兄貴とお袋は、なんとなくそうだろうって気づいてたみたいだ。だから、おまえが気に病むようなことはなにもないよ」

運転している信高の横顔の表情は明るい。

「でもさっき、やけに暗い口調で、家族と色々話してきたって……」

「あれはわざとだ」

「なんで？」

「凹んでるおまえが面白かったから」

「――!!」

信高の返事に、颯矢は一瞬絶句した。

「ちょっ、酷くね？」

「悪い悪い。あんなに凹んでるおまえを見られるのは、これが最初で最後になるかもしれないと思ったら、つい」

「ついって……。酷いよ。俺、本気で心配したのに……」

ついでに言うと、ひとりで面白がっているのも酷い。

楽しみは共有してこそのものだと思うのに……。

むうっと本気で怒ったが、「それと、ひとりで置いてかれたことに対するちょっとした腹いせだ」とつけ加えられて、文句を言えなくなってしまう。

「そういうことなら、しょうがないか……」

呆れるほどの着信数のぶんだけ、自分は信高を心配させていたのだ。

それぐらいの腹いせは甘んじて受けるべきなのかもしれない。

「理解のある家族でよかった。面倒なことになりそうだからカミングアウトしないって前に言ってたから、家族の中に偏見持ってる人がいるのかもしれないと思って心配だったんだ」

「ああ、あれはそういう意味じゃないよ。面倒ってのは、うるさいって意味だ。実際、なんでそんな大事なことを今まで黙ってたんだ、水臭いって、昨夜は一晩中やいのやいの集団で攻め立てられたからな。北海道の兄貴や大阪の姉貴まで、わざわざ電話してきてなんだかんだ言ってたし……。そういううるさい目に遭《あ》うのが面倒だったから、今まで黙ってたんだよ」

「そっか……。でも、やっぱり、勝手にバラしたことは謝るよ」

ごめん、と改めて告げると、謝る必要はないと信高に言われた。

「もともと取材旅行から帰ったら、実家にカミングアウトしに行くつもりだったからな」

「ホントに？　俺に気を遣ってない？」

「ない。本当だ。――本気でおまえに惚れたって言っただろ？　おまえを完全に口説《くど》き落とす前に、恋人同士として堂々と振る舞える環境を整えておこうと思ってたところだったんだ」

「……俺のため？」

颯矢の問いに、信高が深く頷く。

「おまえが嘘《うそ》をつけない奴だってことはわかってたから、あの家でうっかりうちの家族と鉢合わせしても大丈夫なようにしておきたかった。——もちろん、俺自身のためでもある。周囲にふたりの関係を隠してこそこそつき合うなんて窮屈だからな」

「うん。それは同感」

「実家へのカミングアウトが済んだら、今度こそ本格的におまえを口説き落とそうと思ってた。逆を言えば、カミングアウトが済むまでは本格的に口説けないと思ってたんだ。ほんのちょっとの間でも、おまえに不自由な思いはさせたくなかったし……。思いがけずそっちからプロポーズしてもらえたんだから、今回のことは俺にとってタナボタみたいなもんだ」

だから、なにも気に病むことはないと言われて、颯矢は心からほっとする。

「最近、信高があんまり強引に口説かなくなってたのって、そのせいだったんだ……。俺、てっきりばれてたのかと思ったよ」

「なにを？」

「いつ口説き落とされてやろうかって、浮き浮きしながら俺がタイミングを見はからってたことをさ」

「なんだ、そうだったのか……。もしかして俺は、ずっと惜しいことをしてたのか」

ちょいと軽く突《つつ》けば落ちてくる状態だったのに気づかなかったなんてと、信高が悔しがる。

別に惜しくなんかないだろと颯矢は笑った。

「中途半端な恋愛気分もけっこう楽しかったし」

「まあ、確かに……。最終的に、おまえをどうやって落としてやろうかって考えるのは、けっこう楽しかったか」

「どうやって口説くつもりだった？」

颯矢は浮き浮きして聞いたが、後でなと誤魔化されてしまった。


家に帰ってすぐ、とりあえずソファに座って足の具合を見てもらった。

「さっきよりちょっと腫《は》れてきたな。――痛いか？」

「思いっきり体重かけなきゃ平気かな。腫れも思ったより酷くなんないし、ただの捻挫っぽいからそんな心配しなくていいよ」

「それならよかった」

信高が、よしよしするみたいに、そっと腫れた足首を撫でる。

その手つきがベッドの中での戯れを連想させて、颯矢はちょっとむずむずしてきた。

「……ん」

「なんだ、変な声出して。もしかして、これも感じるのか？」

まあねと、颯矢は素直に頷いた。

「信高がやらしい手つきで触るから」

「馬鹿言え。今のは優しく触ったんだ」

「そう？　んじゃ、今のは俺の気持ちの問題か」

そういう意味で信高に触れて欲しいと、無意識に期待していたのかもしれない。

なんてことを考えたら、ホントにむずむずしてきた。

たまらなくなった颯矢は、軽く身を乗り出して隣りに座る信高の唇にちゅっとキスをした。

「誘ってる？」

「もちろん」

信高の問いに頷くと、嬉しそうに顔を近づけてくる。

いつものように軽くついばむようなキスをした後で、深く唇を合わせて互いに舌を絡め、口腔《こうこう》内を探り合う。

そのままソファに押し倒され、本番になだれ込みそうになったところで、はたと颯矢は我に返った。

「ちょっと待った」

「誘っておいて、待ったはないだろう」

ぎゅうっと胸を押し戻そうとする颯矢に、信高は当然不満顔だ。

「悪い。でも、こんなとこで中途半端に済ますのは嫌だ。今日は、ちゃんと最後までやるんだから」

「最後まで?」

「だーかーらー、俺の処女をくれてやるって言ってるんだよ」

信高が驚いた隙をついて、颯矢はよいしょと上半身を起こし、にんまり笑う。

「ぶっちゃけ、タイミング的にも今日の勢いでやっとかないと、ずるずる先延ばしになりそうだからさ」

最後までするのはやっぱり痛そうだから、気分が盛り上がったところでやっちゃわないと、どうしたって尻込みしてしまいそうな気がするのだ。

「よしっ! それなら気が変わらないうちにベッドに行こう」

「その前に風呂」

「そのままでも構わないぞ」

「俺は構うの!」

使う場所が場所だけに、やっぱり綺麗に洗ってからでないと、さすがの颯矢だって抵抗感を覚えるのだ。

颯矢が片足でよろけながら立ち上がろうとしたところを、信高が支えてくれた。

「じゃあ一緒に入るか?」

俺が洗ってやるよと嬉々として言われて、ほとんど羞恥心《しゅうちしん》を持たない颯矢はすんなりOKした。


捻挫した足に悪そうだからと湯船に入るのは断念した。

片足で滑って転ばないようにと浴槽の縁《ふち》に座らされ、やたらと嬉しそうな信高にそりゃもう丁寧に全身を洗われる。

こりゃ楽でいいとふんぞり返って洗われていたのはほんの最初のうちだけ。すぐにスポンジ越しに触れる信高の手の動きに身体が反応して、ヤバイ感じになってしまう。

「……信高のせいだ」

「なにが?」

思わずぼそっと呟くと、信高は手を止めた。

「信高が色々するから、こんなちょっとしたことですぐ感じる身体になっちゃったんだ。前はくすぐったいだけだったのに……」

「怒ってる……わけじゃないよな?」

「当たり前だろ」

どちらかというと、もっと気持ちよくさせろと誘っているのだ。

言わずとも通じたようで、信高が嬉しそうに顔を寄せてくる。

唇が触れ合ったところで、がっしり首にしがみついて、自分から深く唇を合わせていった。

「……ふ……」

舌を絡ませ、上あごをくすぐられる心地よさに思わず鼻声が漏れる。

こっちからも仕掛けてやろうとしたところで信高は唇を離した。

「颯矢、そのまま俺にしがみついてろ」

頷くと、信高は颯矢の背中に腕を回し、颯矢を首にぶら下げたまま立ち上がった。

「座ったままじゃ肝心なところが洗えないからな」

スポンジから絞り取った泡を両手につけて、信高は颯矢の尻に両手を這《は》わせる。

ぎゅっと両手で尻を揉《も》まれて、その気持ちよさに思わず声が出た。

「んっ……あ……。……それ、もっと」

「悪いな。ここより、こっちを洗わせてくれよ」

泡のついた手で尻をもう一度撫で回してから、信高の指が颯矢の後ろに触れる。

「あっ」

入り口を指先でくすぐられて、条件反射的にそこがきゅっとすぼまった。

「いい反応だ。嬉しいよ」

颯矢に警戒心がないこともあって、ぬるぬると指先で撫で回されているうちに、すぼまっていたそこから自然に力が抜けていく。

やがて、指が一本、中に侵入してきた。

「うわわっ、なんか入ってきた」

「俺の指だよ。痛くないだろ？」

「う……ん」

泡のお蔭でびっくりする程スムーズに入ってきた。

信高は中に入れた指を、浅いところをぐるっとなぞるように動かす。

「ん……あ、それ、なんか……気持ちいいかも……」

もう一方の手が気を散らすように尻を撫で回しているせいかもしれないが、はじめて身体の中に入ってきた異物を、颯矢は違和感なく受け入れた。

(指一本でこんな感じなんだ)

悪くない。

というかむしろ、すでに快感の切れ端のようなものすら感じている。

さらに行為が進んで、もっと大きなものが入ってきたらどんな風になるんだろう？

これから先のことを想像して、颯矢はちょっと興奮してきた。

「みたいだな。もう勃《た》ってる」

「こ……れが、噂《うわさ》に聞く前立腺マッサージってやつ？」

「いや。まだそこまでは触ってない」

「んじゃ、触ってよ」

もっと気持ちよくなりたくて、勃ってしまったそれを信高の身体に擦《こす》りつけながらねだる。

だが信高は頷かなかった。

「駄目。ベッドまで我慢。中途半端にやるのは嫌なんだろう?」

「でも、俺ベッドまでもう保《も》たないかも……。ここ数日、出してなかったから溜まってるし」

「俺もだ。一緒に一発抜いておこうか」

ちゃんとしがみついてろよと颯矢の耳元にキスしてから、信高が両手でふたりのものをまとめて摑んで、強く扱《しご》き出す。

「あっ……すげ……」

今までも何度かやった行為だけど、泡で滑る手でやられるのはまたひと味違ってたまらなかった。

「気持ちいいか?」

「ん、いいっ」

「我慢しないで、達《い》っていいからな」

無我夢中で頷いた颯矢は、擦りあう互いのものの感覚と信高の手の動きだけを追った。

ぶるっと大きく身震いして溜まっていたものを吐き出すと、つられたように信高も一緒に放つ。

荒い息が収まらないまま、ふたりはごく自然に見つめあい、深く唇を重ねあっていた。


バスルームから出てすぐベッドに直行したかったのだが、信高に止められた。

「湿布だけしとこう」

そのほうが治りが早いからと言われて、渋々大人しく手当してもらう。

その後、過保護な信高に背負われて二階へ上がり、やっとベッドへ。

「尻使うのって、やっぱ痛いよな？」

湿布のひんやり感でちょっと正気に戻ってしまった颯矢が聞くと、大丈夫だと信高が言う。

「今度は泡の代わりにこれ使うから……」

信高が取り出したのはジェルのチューブだ。

「これで、お望み通り前立腺マッサージして、おまえの負担にならないようゆっくり穴を広げてやるよ」

「じゃ、任せる」

颯矢は枕を抱えて俯《うつぶ》せになった。

その尻に信高が直接ジェルを大量に絞り出す。

「うわっ、ひやっこい」

「すぐに馴染むから……。——なあ、さっきの質問の答え、聞きたいか？」

「質問？　なんだっけ？」

「もう忘れたのか？」

鳥頭めと、信高が苦笑する。

「どうやって俺がおまえを口説くつもりだったか、知りたいんじゃなかったのか？」

「あ、それかぁ。当然知りたい。教えて」

信高はひんやりしたジェルを、颯矢の尻の間に塗り込めながら言う。

「ここをじっくり指だけで嬲《なぶ》り倒して、焦らすだけ焦らしてやるつもりだったんだよ」

「なにそれ？」

「だから、ここで感じることを覚えてメロメロになったおまえが、我慢できなくなって、泣きべそをかきながら俺のを挿れてくれって訴えるようになるまで焦らしまくってから、俺のものになってくれるならこれを挿れてやるよ。どうする？　って聞くつもりだった」

「なにそのエロ妄想《もうそう》。スケベだなぁ」

エロ漫画的妄想に、颯矢は大うけしてげらげら笑う。

「健康な男なんだから、これぐらい妄想して当然だろ。おまえはしないのかよ？」

「そこまで具体的な妄想はしない。妄想より、即実行に移すタイプだし」

「なるほど。じゃあ俺も見習ってみるか」

信高はにやりと笑うと、颯矢の後ろに指を当ててくっと力を入れた。

☆

奥深くに侵入させた指で、強く内壁を擦り上げると、颯矢の身体が敏感に震える。

「はっ……あ……すげ……」

いいっと、小さく呟く颯矢の汗に濡れた背中にもう片方の手を這わせながら、信高は手に入れたばかりの恋人の身体に見とれていた。

馬鹿っぽくてお調子者なその言動のせいで、信高の颯矢に対する初対面の印象は、残念なイケメンだった。

偶然再会して言葉を交わすうちに、颯矢の一本筋の通った馬鹿っぽさというか、悪意のまったくない脳天気さ加減に口元と心が緩んだ。

颯矢が側にいるだけで心が晴れ晴れとして、不思議とやる気も湧《わ》いてくる。

まるで太陽のようだと思った。

この人間型の太陽と一緒に生きることができたら、きっとこの人生は底抜けに楽しく、愛《いと》おしいものになるだろう。

信高が、そんな風に考えるようになるのに、時間はそうかからなかった。

（……綺麗だな）

細身だが、しっかりと筋肉のついた背中から尻にかけてのライン、そしてすんなりと伸びた長い足。

バランスのいいそのスタイルは賞賛に値する。

中に差し入れた指を休むことなく動かしながら、信高は汗で濡れた颯矢の肩胛骨《けんこうこつ》のあたりに軽く歯を当てた。

「——あっ‼」

その途端、ビクッと颯矢の身体が震えて、中に入った指をぎゅうっと締めつける。

（また達ったか……）

前立腺を刺激されるのがはじめてだという颯矢は、面白いぐらいに信高の指の動きに反応してくれる。

今までの戯れの中で、自分で弄《いじ》るのは駄目だと教え込んできたのが功を奏したのか、颯矢の両手は枕を抱えたまま。

だが、後ろの刺激に反応して勃ってしまったそれをそのままにしておくこともできないようで、軽く腰だけを浮かして揺らし、ひっきりなしにシーツにこすりつけている。

何度達ってもすっきりとした開放感は得られないらしく、達ったばかりだというのにまた腰が動いている。

（後ろで感じるのは、射精とはまた違う快感だからな）

そこを弄られるのがはじめての颯矢は、それがまだわからないのだろう。

達っても達ってもどうしても開放感を得られないまま、いつまでも持続する快感に戸惑っているようにも見える。

（そろそろいいか……）

信高自身、快感に震える恋人の姿をただ眺め続けるだけなのはもう限界だし、颯矢だって持続し続ける快感に恍惚《こうこつ》となっていても、そろそろ果てのない快感に対する不安感が目覚めてくる頃だ。

もっと強い刺激をそこに与えることでさらなる絶頂感を味わえることを教えてやろうと、信高は颯矢の耳元に口を近づける。

「何度達っても、すっきりしないだろう？」

信高が問いかけると、颯矢は軽く首を巡らせて颯矢に視線を向けた。

「俺のこれで中を突き上げたら、射精するよりずっとよくなれるぞ。――なあ、これ欲しくならないか？」

いきり立つそれを、信高は颯矢の尻に擦りつけた。

すると、快感にとろんと煙《けむ》ったようになっていた颯矢の目に、ふと光が戻る。

「……そんなん、別にいい」

「そんなんって……」

そりゃないと、思いがけない答えに戸惑う信高に、「それよりさ」と颯矢は口元に悪戯っ子っぽい笑みを浮かべた。

「キスしろよ」

この誘いを断れるわけもなく、指をいったん引き抜き、颯矢の顔の両脇《りょうわき》に手をついて顔を近づける。

颯矢は自ら仰向《あおむ》けになると、がっしりと首にしがみついてきた。

「……っん……」

積極的に唇を押し当て舌を差し入れてくる颯矢のキスは、よく言えば情熱的、悪く言えば強引で乱暴だ。

だが、夢中で快感を貪《むさぼ》ろうとするその様が、信高は愛おしくてならない。

やがて唇が離れても、颯矢は信高の首から手を離さなかった。

ぐっと力を入れて引き寄せ、額に額をぴたっと押し当ててくる。

「信高のばーか」

「……おまえに馬鹿と言われるとは……」

「だって馬鹿だよ。俺、今日は最後までするって宣言したよな？　欲しいも欲しくないもない。今日はやるんだよ。ひとりでエロ妄想に浸ってないでさ、やりたいんならさっさとやれよ」

そろそろ限界なんじゃないの？　とからかうように言われて、ばれたかと苦笑が零れた。

「エロ妄想は次の機会にとっとけよ」

「次の機会か……。そうだな」

チャンスはこの先いくらでもある。

颯矢は自分の家族になると、伴侶《はんりょ》として側にいると自分から宣言してくれたのだから……。

☆

押し当てられた熱いものが、ぐぐっと身体の中に押し入ってくる。

大きく足を広げて信高を迎え入れた颯矢は、信高の問いに首を横に振った。

「辛くないか？」

「へ……いき。いっぱい慣らしてくれたし……」

入れる前にもう一度そこに継ぎ足したジェルのお蔭で、比較的すんなり入ってくる。

ただ、無理矢理広げられた穴が少しピリピリしているし、押し入ってくるものの体積の大きさにもすぐには馴染めない。

不快感とまではいかない、ちょっとした違和感に無意識のうちに眉根をひそめていると、そこに信高の唇が押し当てられた。

「無理させて悪いな」

「悪くない。俺がやるって言ったんだから」

立場は対等だ。

不敵に笑って見せると、信高がくしゃっと目元を崩して笑う。

（やっぱこの顔好き）

颯矢はがしっと信高の頭を引き寄せて、その目元にキスしてやった。


慣らしてくれようとしたのか、最初のうち信高は焦れったいほどゆっくり動いていた。

「……んっ……あっ……そこ……」

指で散々嬲られたいいところを、信高の熱がゆっくりかすめていく。

焦れったくて、我慢できなかった。

「もっと……もっと強くしていいから……」

「そりゃ、ありがたい。そろそろ限界だったんだ」

焦れったさに自分でも動きながら訴えると、信高は嬉々として激しく動き出した。

「くっ！　……はっ……は……すげ、いいっ」

ぐっぐっと強く突き上げられる度、いいところをダイレクトに刺激されて、刺すような強く甘い痺《しび》れが全身を駆けめぐる。

信高の与える快感に、身体が勝手にビクッと震え、中にいる信高を締め上げる。

颯矢は自分で腰を揺らす余裕もないまま、荒い息を繰り返し、信高の肩にしがみつくことしかできない。

「これ、いいか？」

「あ……はっ！」

笑みを含んだ声で聞いてくる信高に、ぐいっといいところを熱で擦り上げられ、颯矢はただ頷いた。

「……信高……は？」

「俺……も、いい。おまえ、最高だよ」

なにがどういいのかまではわからなかったが、上で激しく動き続ける信高の息づかいや、汗で滑る火照《ほて》った肌が、その言葉が真実だと颯矢にリアルに教えてくれる。

準備に時間をかけたぶん、信高も本当に限界だったのだろう。

その後は、ただ黙々と颯矢の身体を貪り続けた。

休むことなく何度も激しく突き入れられ、内臓を押し上げられるような感覚を覚えながら、全身を揺さぶられる。

深い喜びの中、くらくらと眩暈《めまい》を感じながら、颯矢は自分の身体が作り替えられていくような気がした。

今までの戯れで肌が敏感になってしまったのとは根本的に違う。

薄皮一枚程度の話ではなく、中から変わる。

自分の身体の中にいる信高が、自分の身体を根本から作り替えていく。

受け入れることを喜びと感じるように……。

（……戻れない）

愛した男の熱を全身で受けとめる。

身体と心で感じるこのたまらない喜びを一度味わってしまったら、知らなかった頃にはもう戻れない。

深い喜びと同時に、少しばかりの不安も胸をよぎる。

「……責任……取れよ」

揺さぶられながら、颯矢は必死でそう告げた。

「ん？　なにか、言ったか？」

動きを少し緩めた信高が、荒い息を押し殺しながら聞いてくる。

颯矢は、その長めの髪に両手を差し入れ、頭をがっしり摑んで、信高の目をまっすぐ覗き込んだ。

「俺……を、女にした責任……取れって言ってんだよ」

まっすぐに覗き込んだ信高の目が、一瞬驚いたように見開かれ、やがて嬉しそうに細められる。

「わかってる。——おまえこそ、俺に一生しつこく愛される覚悟しとけ」

「上等だ」

受けて立つと、颯矢は不敵に笑う。

信高の頭をぐいっと引き寄せて、笑みを刻んだままの互いの唇を深く合わせていった。

7

「颯矢にいちゃん、こんにちは！」

「こんにちはー！」

颯矢が玄関を開けるとすぐ、信高の甥《おい》っ子ふたりが颯矢めがけて突進してくる。

「うおっ！　ちび共よく来たな」

子供達の体当たりを真正面から受けとめた颯矢は、満面の笑みを浮かべ、両手でふたりの頭をわしわしと撫でた。

「はあ〜い、こんにちは〜。今日は家の中に入ってもいいわよね？」

子供達に続いて姿を現したのは、その母にして信高の姉である菜々美だ。

「はい、そりゃもう、もちろんです」

わざとらしい笑みを浮かべる菜々美に、颯矢も愛想笑いで応じる。

「ありがと。――信高は？」

家の中に入りながら、菜々美が聞いた。

「ケーキ買いに行ってます。お兄ちゃんのほうの誕生日、三日後なんでしょう？　ちょっと早いけど、当日に会いに行くのは無理そうだからって」

菜々美から、子供達と一緒にそっちに遊びに行くからと一方的な通達があったのは、つい一時間前のこと。

ふたりで買い物に行く予定だったのだが急遽《きゅうきょ》取りやめにして、簡単な誕生会を開く準備をはじめたところだ。

「あらまあ、相変わらずマメな男。なんだかんだ言っても、あの子は子供達の面倒よく見てくれるから、ずっと当てにしてたんだけど……。――これからは遠慮したほうがいいのかしら？」

ちらっと、横目で意味ありげに見つめられて、颯矢は軽く肩を竦めた。

「むしろ遠慮しないでもらえるとありがたいです。俺、子供と遊ぶのけっこう好きなんで」

「……ちょっとぉ、あなたショタじゃないわよね？」

「ないない。信高ひとすじだから安心してくださいよ」

思いっきり眉をひそめる菜々美に、颯矢はにかっと笑って見せた。

「それならいいけど……。まあ、そういうことなら、私のほうもあなた達ふたりのお邪魔にならないように、ちょっとは気を遣ってあげる。だからそっちも、子供の教育にとって悪い場面を目撃させるようなことは控えてね」

「了解しましたっ」

釘《くぎ》を刺された颯矢は、ビシッと敬礼をしてみせた。

「よろしい」

それに菜々美が鷹揚《おうよう》に頷く。

（菜々美さんとは、けっこうノリがあうかも）

幸先いいなと颯矢は思った。


その後、信高が帰ってくるまで、以前信高と一緒に下町を散策したとき、子供達用にゲットしていた昔懐かしい玩具《おもちゃ》を出してきて一緒に遊んだ。

だるま落としに、吹き戻しと呼ばれる笛の玩具、スーパーボール等々、子供達と一緒になって本気で遊ぶ颯矢を見て、少し警戒気味だった菜々美の表情も柔らかくなる。

「どうやら信高は、いい保父をゲットしてくれたみたいね」

「でしょ？　俺のこと、気に入ってくれました？」

「まあ、そこそこね。……ただ、ゲイだってのはいただけないけど。――私の好みのイケメンって、ゲイ率高いのよね～」

腹立つわーと、菜々美は不満そうだ。

「あ、でも俺、女性もOKなんですよ」

「そうなの？」

「はい。信高に会う前は女性としかつき合ってこなかったし。信高に言わせると、俺ってバイなんだそうです」

「まあ、嫌だ。節操なし」

「博愛主義者と言ってくださいよー。っていっても、これからは信高ひとすじですけどね」

臆面《おくめん》もなく再びそう言い切って、にかっと笑う。

あら、ごちそうさまと、菜々美は微笑んでくれた。


あの後、信高はもう一度実家に行って、颯矢という将来を誓った恋人がいることを告げてくれていた。

ただひとり父親だけはまだショックから抜け出せていないらしいが、それでも他の家族と共に、人生を共にする相手を信高が見つけたことを言葉少なにだが祝福してくれたらしい。

どんな形であれ、孤独な人生を送らずに済むのならいいことだと……。

颯矢の家族のほうには、まだなにも言わずにいる。

今現在、盆暮れにしか行き来がない関係なので急ぐ必要はないし、義父の性格上、すんなり認めることができるかどうか謎《なぞ》なので、先に母のほうに打ち明けて義父への対応をどうするか相談するつもりだ。

そして正式な養子縁組を結ぶのは、颯矢の母への報告が済んだ後になる予定だ。

ちなみに、信高の玄関先にイヤリングを落としていった、ちょっとホラーな見合い相手は、彼女の実家のほうでしっかり隔離されているらしい。

　一時的に家から逃げ出していたらしいのだが、あのイヤリングを見つけたときにはすでに家族に見つかり連れ戻された後で、連れ戻そうとする家族と揉み合いになったときにあのイヤリングを落としたらしかった。

　今回の脱走劇で、これは本格的に治療しないと駄目だと入院が決定しているのだとか。

「まだ若くて人生これからなんだし、治ればいいけど……」

「俺の心の平穏のためにも治って欲しい」

　信高がしみじみ呟く。

「万が一治らなくても、これからは俺が盾になってやるよ」

　颯矢がそう言うと、止めてくれと信高は酷く嫌そうな顔をした。

「そういう事態にならないように治って欲しいんだ」

（俺じゃ頼りにならないと思ってるのかな？）

　それとも、心配してくれているのだろうか？

　考えるまでもなく、きっと心配してくれているのだと颯矢は決めた。

　そっちのほうが気分がいいし、たぶん、それが正解だから。

（俺が信高を守りたいと思ってるのと一緒で、信高だって俺のこと守りたいと思ってるはず

だし）
愛しあっている恋人同士なんだから、気持ちはきっと一緒のはず。
颯矢はそう思うことに決めている。

☆

「綺麗だなぁ。なんでこんな写真が撮れるんだろ」

リビングのソファに座り、例の騒動があったとき、信高が撮影していた温泉郷の写真が掲載された雑誌をめくりながら颯矢はしみじみ感心していた。

ちょうど雪解けがはじまった時期で、旅館の外観や近隣の風景の写真を眺めているだけで、つららから滴《したた》り落ちる水滴の輝きや、雪解け水のせせらぎが聞こえてくるような気がする。

旅館内部の写真もまた見事で、年季が入って黒く艶《つや》やかな柱や大浴場に敷かれた天然石の輝きが綺麗だし、料理の写真も実に美味そうだ。

「これさぁ、たぶん実際に見るより綺麗なんじゃないかな」

「そうか？」

「うん、そうだよ。他の写真見てもそうだしさ」

以前撮られたヌード写真を思い出しながら、颯矢は断言した。

（あの写真の中の俺、鏡で見るよりも綺麗だし……）

微妙な角度や光の加減など、絶妙なタイミングを摑むのがうまいんだなと感心していると、プラス忍耐力だなと信高に言われた。

「忍耐力？」

「ああ、この写真一枚撮るのに、寒い中、一時間は粘ったぞ」

「その間、じっとしてるわけ？」

「当然。いつそのタイミングが来てもいいように、ずっとカメラを構えたままだ」

「うわっ、それ俺には無理かも……」

最近の颯矢は、信高のカメラを借りて写真の勉強をしている。

もちろん、信高が専属講師だ。

上手になったら、様々なイベントでカメラマン代わりに活躍できるようになって、会社で役に立てるようになるし、信高の写真だって今よりずっと満足できるものが撮れるようになると思ってのことなのだが……。

「じっとしてられないと、いい写真って撮れない？」

「大丈夫だよ。おまえが撮りたいのは風景じゃないんだ。じっと待ってたって、シャッターチャンスは来ないだろ？」

「ああ、そっか。確かにそうかも」

颯矢が撮りたいのは人間だ。

 それも、自分の近くにいる人達の日常の楽しげな表情。目の前でカメラを構えてじっとしていたら、きっと緊張されてしまって、いい表情なんて撮れっこない。

「ってことは、必要なのは早撮りの技術か」

馬鹿やって笑わせたところで、さっとカメラを取り出して撮影する。

颯矢がきりっとした表情で、昔懐かしの西部劇の早撃ちガンマンよろしく、早撮りのジェスチャーをしてみせると、信高は大うけして笑った。

「それだったら、カメラ自体を見直したほうがよさそうだな。俺が使ってるやつより、むしろ今どきの小ぶりなデジカメで手ブレ補正が得意な機種のほうがいいんじゃないか？」

「あ、じゃあ、次の休み、ショップに見に行きたい」

はい、と手を挙げると、よしきたと、テンポよく返事が戻ってくる。

「直接見に行く前に下調べしといたほうがいいかもな」

信高が、タブレットを手に検索しはじめる。

細かい説明文を読むのは苦手なので、颯矢はそれを脇からただ眺めていた。

（こういう表情もいいな）

真剣な眼差《まなざ》しで画面を見つめる信高の横顔に、颯矢はちょっと見とれた。

信高が颯矢に向ける顔はいつも笑顔ばかりだから、その真剣さが目新しい。

（きっと俺の知らない顔は、まだたくさんある）

なにしろ出会ってから、まだ二ヶ月も経ってない。

朗らかな表情なら何種類か見たが、本気で怒った顔や、悲しんでいる顔にはまだお目にかかってはいないのだ。

そんな表情なんて見ずにすむに越したことはないが、この先、長い人生を共にするのならばきっと否応《いやおう》なく対面することになるはずだった。

（まあ、すぐに俺が笑わせてやるけどさ）

この先、なにが起きようと、最後にはきっとふたりで笑ってる。

そうなるはずだと、颯矢はもう決めていた。

（そんで、信高の笑った顔をたくさん写真に撮ろう）

同じ笑顔でも、年を重ねればまた違った魅力を発見するに違いない。

そうやって、ふたり一緒に日々の笑顔を積み重ねて生きていく。

たくさんの笑顔の記憶を共有しあっていくことが、本当の家族になることだと颯矢は思うから……。

（男同士の場合、養子縁組なんてけっきょくは世間へのデモンストレーションみたいなもん

だし）

もしくは、自分達はこれから家族になりますよ～と世間に公表する儀式か。

撮った写真は、面倒くさがらずにちゃんと日付を入れてファイリングする。

そして、ふたり一緒に年を重ねていく過程を、その折々で眺めて楽しむのだ。

（でもって、いつだって写真を眺めているそのときに、一番いい顔で笑ってるはずだ）

年を重ねるごとに、笑顔だって深みを増すに違いない。

そしてそのぶん、幸せだって増えていく。

そうなるに違いないと、颯矢はもう決めている。

「……う～ん、なんだか俺も欲しくなってきたぞ」

「どれ？」

「ん？　ほら、これだ。一ヶ月前に発売されたばかりのやつ。ちょっと気になる機能がついてるんだよな。口コミも悪くないし」

「んじゃ、俺がそれ買うよ。一緒に使えばいいだろ？」

一家に一台だと颯矢が言うと、なるほどと信高が頷く。

「家族になるんだもんな」

「うん、そうだよ」

颯矢は深く頷く。

「んで、それいくら？」

画面を覗き込んだ颯矢は、予想より一桁《ひとけた》高い値段にびっくり仰天。

「ひーっ！　そんなするもんなんだ」

「上等な機能がついてるから値段も上等なのはしかたないって……。——俺も半分出すからさ」

「あ、そこは大丈夫。金ならあるし」

「本当か？」

「ホントホント。そろそろ遅れてた火災保険が下りる頃なんだよね」

引っ越しする必要がなくなったし、電化製品を買う必要もなくなったしで、そのぶんだけ余裕があるのだ。

宵越しの金は持たないとばかりに、手に入れた金をぱあっと使ってしまう癖《くせ》のある颯矢が、買う気満々になっていると、信高の眉間《みけん》にきゅうっと皺《しわ》が寄った。

（あ、渋い顔）

格好いいなと見とれる颯矢を、信高が軽く睨《にら》む。

「家族になるんだから、言わせてもらうが……」

「なに？」

「おまえのその金遣いにはちょっと問題があると俺は思う」

「そっかな」

「そうだ。だいたいおまえ、火事で焼け出されたとき、ほとんど貯金なかっただろ？」

「あー、そうかも……」

「人生、晴れの日ばかりじゃないんだぞ。なにかあったときのために、それなりの蓄えは必要だと俺は思う」

「……そう？　でも、ほら、いざとなればなんとかなるもんだし」

にこっと笑ってみせたのだが、怖い顔で睨まれた。

「いつもなんとかなるとは限らないだろ？」

「そっかなぁ。――信高って、ちょっと心配性のところがあるんだな」

「馬鹿言え。俺は普通……っていうか、普通よりもむしろ図太いほうだ。おまえが並外れて楽天家なだけだ」

「そっか」

ちょっと考えなしで楽天家だっていう自覚はありまくりなので、颯矢はもう笑うことしかできない。

「そこでだ。おまえの生涯の伴侶として、俺が責任を持って貯金の概念を刷り込んでやる」

「刷り込む？」

「そう。口で言ってものらりくらり逃げられそうだからな。その身体に教え込んでやる」

「……うわっ、またなんかエロ妄想してるだろ」

急にやたらと嬉しそうな顔になった信高を見て、颯矢は思わず顔をしかめた。

「当然。こんな楽しい機会、逃す手はないからな。——さて、どうやって教え込んでやろうか」

にやにや笑っている信高の視線が、颯矢の唇から喉、胸元へと降りていく。

触れられてもいないのに、その視線の圧力で軽く肌がざわめいて、颯矢はちょっとソファの上で居住まいを正した。

「信高のスケベ」

「男なんだから、これぐらい普通だ」

「まあ、確かに……」

実際、颯矢だってこれからなにをされるんだろうと想像しただけで、期待に身体がうずうずしている。

「でも、どんなに頑張ったって無駄だと思うよ。俺のこの楽天家で適当な性根は、ちょっとやそっとじゃ治せやしないからさ」

颯矢はふふんと威張った。

信高を煽《あお》るようなことを言ったのはわざとだ。

煽れば煽っただけ、この後の時間が互いにとって楽しいものになるに決まってるから。

「よく言った。後で泣いて後悔しても遅いぞ」

「ないない。後悔なんてしないって。——そっちこそ、無駄な体力と時間を使ったって後悔すんなよ」

受けて立つ気満々の颯矢に、楽しげに笑みを刻んだ信高の唇が近づいてくる。

颯矢は、その頭をがっしり摑まえると、自分から唇を深く押し当てていった。

お披露目

「おい、そこの馬鹿《ばか》」

「はい！」

十和田《とわだ》に呼ばれた颯矢《そうや》は、いつものように浮き浮きと近寄って行った。

「その足、どうした？」

片足を庇《かば》ってヒョコヒョコ歩く颯矢に、十和田が怪訝《けげん》そうに聞く。

「ずるっと滑って転びました。ただの捻挫《ねんざ》なんでご心配なく」

「そうか。——ところで、けっきょく、どういう話だったんだ？」

颯矢が、唐突に迎えに来てくれた信高《のぶたか》とふたりで佑樹《ゆうき》の屋敷から退去したのは、一昨日の夜のこと。

いけずな十和田は当日便の宅配を使って、昨日のうちに颯矢の荷物を信高の家に送りつけてくれていた。

一応メールで荷物を受け取ったことを報告しておいたが、それ以外の事情はまだなにも話していないままなのだ。

「それに関しては、ここではちょっと言い辛《づら》いです。佑樹さんにもお礼言いたいんで、そのうち直接ふたりでお宅にお伺いしまーす」

「いや、わざわざ来なくていい。佑樹への礼なら俺《おれ》が代わりに承っておく。だからさっさと言え」

「まああ、そう言わずに」

えへへっと愛想笑いをしながら、颯矢はこっそり感心していた。

(すげー、信高が心配した通りの展開だ)

もしかしたら十和田は、穏やかな生活が一時でも乱されるのを嫌って、自分達ふたり(というか、ぶっちゃけ颯矢)が佑樹の屋敷を再び訪れるのを嫌がるかもしれないと……。

その場合は、どう言えばいいのかもレクチャーされている。

「信高も佑樹さんにお話したいことがあるらしいので、俺がお世話になったお礼方々、そちらのお宅に伺いたいと言ってます。——ので、よろしくお願いしまーっす」

きりっと賢そうな顔をして敬礼しつつ、信高に教わったままに言ってみる。

すると十和田は、「……知恵をつけられたか」と、小さく舌打ちして露骨に嫌な顔をした。


そしてそれから二日後の夜。

颯矢の足が正座しても痛まないぐらいに治ったところで、ふたりして菓子折と洋酒を手に佑樹の屋敷を訪れた。

「ふたりともいらっしゃい。もっと早くに連絡をくれてたら、夕食をご馳走《ちそう》したのに……」

颯矢をすっかり気に入ってくれていた佑樹は、元気になったみたいでよかったと微笑《ほほえ》んで迎えてくれた。

その隣りにいる十和田も、佑樹と信高を気遣ってか、会社とは打って変わって微笑みを浮かべ迎えてくれる。

「おっじゃまっしまーす」

勧められるまま普段使いの茶の間のほうに通され、お持たせですがと、持参したお菓子とお茶を出された。

自分が食べたくて選んだ抹茶あんみつを、遠慮のない颯矢が嬉々《きき》として食べていると、「で、どういう話だったんだ」と十和田のほうから話を振ってくる。

「あ、えーっとですね……」

これに関して颯矢は、微妙にこの成りゆきを面白がっている信高に、おまえの好きに報告していいからと言われていた。

なので、その御期待に添うためと、手っ取り早く事情を説明するために、きちんと居住まいを正してから宣言する。

「――俺達、この度、婚約しました！」

そして、とりあえず、えへんと威張ってみた。

「え？　え？　え？」

佑樹はこの展開をまるっきり予想もしていなかったようだ。

心底驚いて、颯矢と信高の顔を交互に見ている。

十和田はと言うと、うっすら気づいていたのか、さして驚いてはいないようだった。

その代わり、ものっ凄《すご》く嫌そうな顔をして信高を見る。

「信高くん、そいつは底なしの馬鹿だぞ。それでもいいのか？」

問われた信高は、「もちろん」と頷《うなず》く。

「そこがいいんですよ」

「蓼《たで》食う虫も好き好きか……。——しかし、よりによってこの馬鹿を選ぶとは」

わからん、と眉間《みけん》に皺《しわ》をよせて悩む十和田の袖《そで》を、隣りに座る佑樹が小さく引っ張る。

「十和田さん、話が見えません。僕にも教えてください」

「あ、俺が説明しまーす」

颯矢は身を乗り出し、嬉々として信高との馴《な》れ初《そ》めを話した。

ヘッドロックをかけられた日にステーキ屋で偶然再会して意気投合。アパートの火事で焼け出されて居候させてもらっているうちに、徐々に気持ちが傾いていったと。

もちろん、基本的に隠し事はできない質《たち》なので、この屋敷に厄介《やっかい》になる原因となった失敗も包み隠さず白状する。

「取り返しのつかない失敗って、そういうことだったのか……。よりによって、ゲイだって
ことを身内にばらすとは……。おまえは本当にはた迷惑な馬鹿だな」
もう少しものを考えて行動しろと十和田に怒られ、きゅっと首をすくめる颯矢を庇うよう
に、「それに関しては」と信高が慌てて言葉を挟む。
「なにも問題ないんです。颯矢にばらされなくても、あの数日後には自分でカミングアウト
しに行くつもりだったので……。──もちろん佑樹にも、そのタイミングで言うつもりだっ
たんだ。友達なのに、ずっと隠していて悪かった」
「そんな……謝るようなことじゃないよ」
でも全然気づかなかったと、十年来の友人のカミングアウトに佑樹は呆然《ぼうぜん》としている。
（俺の口から言わなくてよかったなぁ）
颯矢は、こっそり胸を撫《な》で下ろしていた。
この件については、信高とすでに話をしてある。
かつて佑樹は、半ば引きこもり状態で狭い人間関係の中だけで生きていた。そんな状態の
中でカミングアウトして、下手に気まずくなったりしては、ただでさえ少ない佑樹の人間関
係が減ることにもなりかねない。
だから、今までは言えずにいたのだと信高は言っていた。
十和田というパートナーを得た今ならば、安心して打ち明けることもできると……。

「十和田さんは気づいてました？」

佑樹に聞かれて、十和田は頷いた。

「最初に彼に会ったとき、一目でお仲間だってことはわかったかな」

「どうして？」

「なんでですか？」

佑樹と颯矢の声が重なる。

十和田は、露骨に颯矢を無視して、佑樹にだけ視線を向けて答えた。

「そういうのは、見るとなんとなくわかるものなんだ。自分はゲイだと開き直って生きてる人間は特に……」

「わかるもんなの？」

十和田から邪険にされるのにはすっかり慣れっこの颯矢は、特に気にせず信高を見た。

「そうだな。お仲間はなんとなくわかるかな」

「俺もわかるようになるかな？」

気になって聞いた純矢の質問に、

「さすがにそれは無理だろう」

「おまえみたいなデリカシーのない馬鹿には無理だ」

と、信高と十和田の声が重なる。

「無理かぁ」

それって特殊能力っぽくて格好いいなとちょっと思っていた颯矢は、ふたりから無理と言われてしょんぼりする。

その姿を見た佑樹は、颯矢がしょんぼりした理由を誤解したようだった。

「もう、十和田さんったら……。あんまり馬鹿馬鹿言わないであげてください」

佑樹は、たとえ冗談であっても、人から罵《のの》られたりけなされたりした経験がほとんどなかったので、十和田と颯矢のお約束のやりとりにどうしても馴染めないらしい。

「あ、佑樹さん、大丈夫ですよ〜。十和田さんが『馬鹿』って言うのは、親愛の情がある証拠なんです」

「親愛の情って……。気色《きしょく》悪いことを言うな！」

鳥肌が立ったのか、十和田が服の上から腕をさすっている。

「またまた照れちゃって……。会社じゃ、こんなのしょっちゅうですよ。俺を呼ぶときはいつも『そこの馬鹿』だし、先輩達とひとまとめにして呼ばれるときは『脳天気な馬鹿共』ですからね。十和田さん、ちょっと口が悪いから」

「会社では、いつもこんな口調なんですか？」

「そうですよー。――あれ？　佑樹さんの前じゃ違うんですか？」

「当たり前だ！　俺の佑樹は、おまえらみたいな脳天気な馬鹿共とは違うからな」

「ひゃー、俺の佑樹だって」

「まあまあ、それぐらいにしておけよ」

なおもからかおうとする颯矢を信高が止める。

はーいと素直に頷いたが、佑樹はひとり微妙に表情を曇《くも》らせたままだ。

「とにかく」

わざとらしく咳払《せきばら》いしてから、信高が説明を続けた。

「取り返しのつかない失敗なんて、なにもなかったんです。むしろ、その騒動のお蔭で色々と一度に事態が進んで、婚約することにもなったので」

「ちなみに、プロポーズしたのは俺です！」

はいはーいと颯矢が手をあげると、わかったわかったとうんざりした顔で十和田が頷く。

「十和田さんはしないんですか？」

「あ？」

「だから、プロポーズですよ」

佑樹さんに、と考えなしで好奇心旺盛《おうせい》な颯矢がずけずけと質問する。

「俺はしない」

「えー、十和田さんってば、潔《いさぎよ》くないなぁ」

「うるさいよ。こっちには、できないわけがあるんだ」

「できないわけ？」

なんだそれ？ と首を傾《かし》げる颯矢の腕を信高が突《つつ》く。

「佑樹はちょっと有り得ないレベルの資産家なんだ。戸籍上で縁を繫《つな》いでしまうと財産問題も絡んでくるから、色々とまずいこともあるんだろう」

「財産問題？」

貯金すっからかんの颯矢には、微妙に具体的なことが想像できない。

「たとえば、この屋敷と敷地、売るといくらになると思う？」

「え？ ここ？ いくらって言われても……」

この立派な屋敷を囲むように手入れされた広い庭がぐるっと囲み、さらには木が鬱蒼《うっそう》と生《お》い茂った裏庭もついている。

ざっと見ただけでは把握しきれないほどの広さで、家が何軒建つか颯矢には想像もできなかった。

「たぶん、億単位？」

「間違いなくそうだろうな。——不動産関係、ここ以外にもあるんだろう？」

信高が佑樹に聞くと、佑樹は少し困った顔をしつつも小さく頷いた。

「大金持ちなんだ。……そっか……だからか……」

佑樹にだって親戚《しんせき》はいるだろうし、下手に戸籍上で縁を繫いでしまえば、財産目当てではないかと十和田だって痛くもない腹を探られかねない。

テレビドラマでよくあるパターンだなと颯矢は思った。

「なんとなーくわかったような気がするけど……。――じゃあ、佑樹さんが死んだら、その財産はどうなるんですか?」

考えなしで好奇心旺盛な颯矢が、またしてもずけずけと佑樹に質問する。

「僕が死んだら、資産をすべて現金化して慈善団体に寄付するつもりだよ」

佑樹は気を悪くした様子もなく答えた。

「親戚には?」

「気持ち程度渡すぐらいかな。多すぎるお金は、逆に不幸を招くこともあるからね」

「そうなんですか……。考えが深いなぁ」

感心する颯矢に、「おまえが浅いんだよ」といつものように十和田が突っ込む。

「十和田さんもいくらかもらうんですか?」

またしてもずけずけと聞く颯矢に、「金なんかいらねぇよ」と十和田は間髪入れずに答えた。

「佑樹さんの愛さえあればそれでいいって?」

浮き浮きして聞く颯矢に、「違う」と十和田は否定する。

「俺の望みは、佑樹が生きて側《そば》にいることだけだ。――佑樹が生きてようが死んでようが、愛はここにあるからな」

それで充分、と、十和田が自分の心臓の上を軽く叩《たた》く。

「か……っこいー‼」

ひゃーっと、颯矢は心の底から感動した。

死がふたりを分かつとも、愛する心はこの胸の中にある。

そして、望みはただひとつ、共に生きること。

そう言い切るその姿も、その声も、そしてその心意気も、なにもかもが格好いい。

「さっすが十和田さん！　俺、いま猛烈に感動しました！　ハグさせてくださいっ‼」

ずりずりと畳の上を這《は》ってテーブルを回り込み、颯矢が十和田ににじり寄って行く。

「ちょっ、この馬鹿、こっちくんな‼」

しっしっといつものように追っ払われたが、感動してキラキラした目をしている颯矢は気にせずさらににじり寄って行く。

だが、後もうちょっとで手が届くところで、「はい、そこまで」と信高にベルトを摑まれ引き戻された。

「なんだよ。邪魔してー」

「いいから。ちょっと大人しくしてろ」

ほらこれ、と食べかけだった抹茶あんみつを目の前に出された颯矢は、あっさり食い気につられた。

黙々と食べる颯矢を横目に少しほっとした顔をしながら、信高が言う。

「俺達が実際に養子縁組するのはもう少し先の話になると思います。そのときは、必然的にこいつの姓が変わることになりますので、会社のほうの根回しはよろしくお願いします」

「そこら辺はすでに前例があるから問題ないが……。――しつこいようだが、本当にこの馬鹿で大丈夫か？　こいつは本当に馬鹿だぞ。ものを考えずに衝動的に動くし、失敗しても懲《こ》りるってことを知らない。まあ、脳天気な上に単純で裏表がないから、人を騙《だま》したり裏切ったりするようなことだけはしない……というか、できないと保障はするが……」

「大丈夫です。ご心配なく」

心底心配そうな十和田に、信高は微笑んで深く頷いた。

「そうか……。それならいいが……」

煮え切らない表情の十和田に、抹茶あんみつを食べ終わった颯矢が言う。

「十和田さん。俺にも、こいつでいいのか？　って聞いてください」

もちろん大丈夫です！　と深く頷いてみたくて、浮き浮きしながら頼んでみたのだが、「断る」と十和田に拒否された。

「なんでですかー？」

「おまえみたいな考えなしに再考を促すことぐらい虚《むな》しい行為はないからな」

「ああ、確かに」

本当のことを言われた颯矢は、思わず納得して、ぺんと額を叩いた。

「さっすが十和田さん！　部下のことよくわかってますね。——ほらな、やっぱり愛があるだろ？」

くるっと隣りを向いて自慢したら、なぜだか信高はちょっと困った顔をした。

「愛は愛でも、営業の部下一同への、上司としての愛なんだよな？」

「うん！」

力強く頷くと、やっとほっとしたように微笑んでくれる。

「じゃあ、俺達はそろそろおいとましますんで」

そして唐突に、颯矢の腕を摑んで立ち上がった。

「もう少しゆっくりしてけばいいのに……」

「いや、悪いが、この後、ちょっと仕事関係の知り合いに会う予定になってるんだ」

名残惜《なごり》しげな佑樹に、信高は「悪い、また今度な」と告げる。

そそくさと屋敷から辞去する信高に腕を引っ張られながら、そんな予定あったっけ？　と颯矢は首を傾げていた。

玄関を出て、広い庭を正門へと向かってふたり並んで歩きながらその疑問をぶつけてみると、信高は「ない」と簡潔に答えた。

「なんで急に嘘《うそ》なんかついたんだ?」

「そりゃ、雲行きが怪しくなってきたからだ」

「雲行き?」

顔を上に向けたが、夜空には綺麗《きれい》な上弦の月が昇っていて雨雲らしきものはない。

「そっちじゃなく、佑樹だ」

「佑樹さん? 別に機嫌が悪そうには見えなかったけど……」

帰り際だっていつも通りで、少し寂しげにも見えるその綺麗な顔に、おっとりとした微笑みを浮かべているように颯矢には見えていた。

だが、つき合いの長い信高の目には違った表情に見えていたらしい。

「あれは、かなりきてた」

「なにが?」

「おまえらふたりのじゃれ合いというか軽妙なやりとりを見てて、疎外感というか、嫉妬《しっと》みたいなものを感じてたみたいだったぞ」

「俺と十和田さん?」

おもいがけないことを言われて、颯矢はちょっと混乱してしまった。

「え? なんで? 別に、あんなのいつものことなのに」

十和田にとってあの程度のやりとりは会社では日常茶飯事で、その相手は颯矢だけじゃなく脳天気な馬鹿仲間の先輩達にまで及んでいる。

心を痛めるようなことではないと颯矢は思うのだが……。

「佑樹はずっと引きこもりみたいな生活してたって言っただろう？　会社勤めをしたこともないから、同僚とのつき合いがどんなものかってことも知らないんだ」

自分には見せない一面を、十和田が颯矢相手に見せているのも不安をかき立てる一因になったのだろうと信高が言う。

「もともと佑樹は、自己評価が極端に低いやつなんだ。自分の知らない外の世界には、自分なんかよりもっと十和田さんにとって魅力的な相手がいるんじゃないか、なんてことを今ごろ考えてるかもな」

「そんなぁ」

もし信高の予想が当たっていたのなら、これは一大事だ。

「俺、佑樹さんの誤解を解いてくる‼」

むしろ、佑樹がいつも見ている十和田のほうが貴重なレアものなのだ。

（なにも悲しむことなんてないんだって教えてやらなきゃ）

きびすを返して走りかけた颯矢を、ちょっと待てと信高が腕を摑んで強引に止めた。

「なんだよ。邪魔すんのか？」

きっと振り向いた颯矢に、「邪魔なのはおまえだ」と信高が言う。

「なんで？」

「この手の問題をフォローするのは恋人の役目だ。嫉妬の原因になったおまえが今しゃしゃり出て行ったら、余計にこんがらがるぞ」

「……あー、そっか」

言われてみれば確かにそうかもしれない。

颯矢は戻るのを諦めたが、それでもやっぱりちょっと気になる。

「十和田さんはちゃんと気づいてくれてるかな？　気づかれてなかったら佑樹さんが可哀想《かわいそう》なんだけど」

「その点は大丈夫、ちゃんと気づいてたよ。あの人、俺達を引き止めようとしなかっただろ？」

「確かに……。さすが十和田さん、ぬかりなしだ」

我がことのように自慢げに威張っていた颯矢は、ふと気になった。

「信高は嫉妬しなかった？」

「ああ、しない。――以前の熱愛宣言を聞いてるから、まるっきりしないと言ったら嘘になるが、でも今はおまえがファザコンだってことも知ってるしな」

それに……と、言葉を句切り、颯矢の顔を見て微笑む。

「なに」

「今のおまえは、俺しか見てないだろう？　嫉妬するだけ無駄だ」

「うん。確かに」

まさに、その通り。

颯矢は信高の答えに満足して、一点の曇りもない笑顔で深く頷く。

「佑樹さんも、そういう風に思えればいいのに」

傍《はた》から見ていて、羨《うらや》ましくなるぐらいしっくりとお似合いなふたりなのに、当事者である佑樹には自信がないなんて、なんだかとても不憫《ふびん》だ。

後ろ髪引かれる思いで振り向く颯矢の頭を、信高がくしゃっと軽く撫でて正面を向かせる。

「そう気にするな。この手のトラブルは、恋人同士にとっちゃいいネタなんだから」

「ネタ？」

「ああ。誤解してる恋人をもう一度口説《くど》きなおせるんだ。想いを確かめあえる、いい機会になるとは思わないか？」

ふたりの穏やかな日々に落ちた、嫉妬という小石。

ささやかすぎるその波紋に、ふたりの関係を壊すほどの力があるはずもなく、平穏な日々にちょっとした刺激を与える程度だ。

たまにはそういうのも悪くないいんじゃないかと、信高が言う。

「そっかなぁ……。俺は、波風なんかいらないけど。いつも笑って暮らしてられるのが一番だろ」

怪訝《けげん》そうな颯矢を見て、信高はふっと優しい顔になる。

「まあ、おまえはそうだろうな。——でもな、颯矢」

「なに？」

「揉めたり喧嘩《けんか》した後のセックスは、けっこう燃えるぞ」

「うわっ、またスケベなこと言ってるよ」

にやりと笑う信高に、颯矢はあきれた顔になる。

「本当なんだって。一度試してみたらわかるから」

「試すって、どうやって？」

「どうやってって、だから次に喧嘩したときにでも……って。——しないか」

「たぶん」

少なくとも颯矢のほうから喧嘩をふっかけたりすることはない。

脳天気な性格なので、長く落ち込んでいられないのと同じように、怒りも持続しないのだ。

「燃えるセックスのためにわざわざ喧嘩するなんて嫌だからな」

「だったら、そういうプレイならどうだ？」

「なにそれ？」

「だから、喧嘩プレイだよ。ちょっと楽しいと思わないか？」

「またエロ妄想《もうそう》？　俺、そういう妄想に縁がないんだってば」

「覚えればいいじゃないか。その手の遊びもけっこう楽しいもんだぞ」

「……楽しい？　ホント？」

楽しいことに目のない颯矢が、ぴくっと反応する。

その反応に気を良くして、信高が耳元で囁《ささや》く。

「もちろん。恋人としかできない大人の遊びだ」

「恋人とだけか……」

ちょっとレアな感じがして、それはかなり心惹《ひ》かれるフレーズだ。

「それ、具体的にどうやんの？」

好奇心に唆《そその》かされるまま、颯矢は隣りを歩くスケベな恋人の顔を見あげた。

あとがき

こんにちは。もしくは、はじめまして。

黒崎あつしでございます。

じりじりと寒くなり、さて世間のみなさまはいつ頃から暖房を使いはじめるのかしらと気になりだした今日この頃。

私はといえば、着る毛布に湯たんぽ、生姜の砂糖漬けと携帯マグには温かい珈琲、保温性の高いインナーも用意して寒さ対策は万全。

今年こそ記録に挑戦だと張り切っております。

まあ、基本的に根性なしなので、寒波が来たら暖房器具のリモコンにあっさり手が伸びちゃうような気もしますが……。

さてさて、今回のお話は『お嫁さんになりたい』から続く、スピンオフシリーズの六作目。

前作『一夜妻になれたら』で恋人を得た、鷲鼻の元遊び人、十和田の部下が主人公です。十和田から脳天気な馬鹿と称される主人公が、男に口説かれるという目新しいはじめての体験に、浮き浮きして調子に乗って……というお話。

いつものように、スピンオフでもこれ一冊で楽しんでいただけるように書いたつもりです。今回の主人公は、ぐずぐず悩みがちないつもの私の主人公達とはちょっと毛色が違い、脳天気で考えなしなので、なかなか新鮮な気持ちで書かせてもらえました。明るく楽しいお話に仕上がったのではないかと自分では思っております。少しでも楽しい気分を味わっていただければ幸いです。

イラストを引き受けてくださった高星麻子先生に心からの感謝を。いつも手の込んだとても綺麗なイラストをありがとうございます。シリーズをこうして長く続けさせていただけるのも、高星先生の魅力あるイラストのお蔭と思っております。

そして担当さん、いつも明るく対応してくれて本当にありがとう。毎年言ってるような気もしますが、来年こそは自分のペースを取り戻して迷惑をかけずにすむよう頑張るつもり……じゃなくて、頑張るよ。よろしくよろしくです。

この本を手に取ってくださった皆さまにも心からの感謝を。
少しでも楽しいひとときを過ごされますように。
またお目にかかれる日がくることを祈りつつ……。

二〇一三年十一月

黒崎あつし

✦初出　奥さんにならなきゃ……………書き下ろし
　　　　お披露目…………………………書き下ろし

黒崎あつし先生、高星麻子先生へのお便り、本作品に関するご意見、ご感想などは
〒151-0051 東京都渋谷区千駄ヶ谷 4-9-7
幻冬舎コミックス　ルチル文庫「奥さんにならなきゃ」係まで。

幻冬舎ルチル文庫

奥さんにならなきゃ

2013年11月20日　第1刷発行

✦著者　黒崎あつし　くろさき あつし

✦発行人　伊藤嘉彦

✦発行元　株式会社 幻冬舎コミックス
〒151-0051 東京都渋谷区千駄ヶ谷 4-9-7
電話 03(5411)6431［編集］

✦発売元　株式会社 幻冬舎
〒151-0051 東京都渋谷区千駄ヶ谷 4-9-7
電話 03(5411)6222［営業］
振替 00120-8-767643

✦印刷・製本所　中央精版印刷株式会社

✦検印廃止

ISBN978-4-344-82977-0　C0193　Printed in Japan

「幻冬舎ルチル文庫」
大好評発売中
黒崎あつし
イラスト テクノサマタ
650円（本体価格619円）
［夢みる秘書の恋する条件］
新入社員の太田怜治は、急な人事異動でグループ企業新社長の専属秘書になることに。第一印象が最低最悪の新しい上司・沢内貴史は、就任初日から遅刻してきたり、仕事をサボったりと怜治を振り回してばかり。その上怜治の家に勝手に転がり込んできて!?　ひたすら迷惑だったはずなのに、ふとしたきっかけでふたりは身体を重ねるようになり……。
発行●幻冬舎コミックス　発売●幻冬舎